Pierre Lunel

IL NOUS A TANT AIMÉS...

Albin Michel

À Dom Helder Camara,
archevêque de Recife, curé des pauvres, *in memoriam*

À Franco Bettoli,
ancien président d'Emmaüs International,
frère en charité de l'abbé Pierre, *in memoriam*

À Raymond Étienne,
président de la Fondation Abbé-Pierre

Avant-propos

La vieillesse est-elle vraiment un « naufrage » ? Pour nous, ses intimes, qui l'observions, l'abbé Pierre a apporté de manière radicale la preuve contraire. Le vieux combattant qu'il était n'a jamais déposé les armes, continuant jusqu'au bout sa bataille contre l'insupportable : la misère, la solitude, l'injustice. Avec ce livre s'achève pour nous l'expérience unique qui nous a été donnée de côtoyer cet homme exceptionnel qui avait refait surface à l'approche de la mort. Peu à peu, au fil de la plume, est né un tout autre personnage. Pas l'icône sur son piédestal, la légende vivante, mais l'homme dans toute la richesse de son caractère, de ses paradoxes, de sa grandeur et de ses faiblesses. Comment cet individu singulièrement complexe regardait-il les autres ? Où puisait-il la force d'affronter ces défis devant lesquels il avait choisi de ne jamais se dérober ? Avait-il recours au rire qui détend, à la nourriture qui apaise, à la distraction ? Quelles étaient ses relations avec le clergé ? avec le Vatican ? D'où venait sa foi ?

Au crépuscule de sa vie, l'abbé Pierre n'aurait sans doute pas accepté volontiers que l'on évoque toutes ces dimensions de sa vie… En commençant ce livre, nous nous sentions orphelins. Orphelins d'un homme, d'une vie, d'un message. Nous le terminons le cœur rempli d'une certitude : l'abbé Pierre est présent parmi nous. Nous voudrions qu'il en soit ainsi pour tous ceux, innombrables, qui l'ont suivi et écouté, à la seule condition de ne jamais perdre la trace de ses pas.

Car lui nous a tant aimés…

1.

22 janvier 2007.
94 ans

22 janvier 2007. Il est 3 heures du matin, entre dimanche et lundi. La veille au soir, le médecin du Val-de-Grâce n'a pas caché son inquiétude. Dans la nuit du jeudi au vendredi, l'abbé a arraché en partie la sonde gastrique qui l'alimentait. Le liquide a terminé sa course dans les poumons. Cette fois, l'infection pulmonaire est grave. Le lendemain, le vieil homme semble absent sous son masque à oxygène. À peine a-t-il regardé l'un de ses frères venu lui rendre visite, avant de refermer les yeux. L'a-t-il reconnu ? Rien n'est moins sûr.

Qui peut savoir ? Neveux et nièces ont demandé à le veiller pendant la nuit. Mais dans le service de cardiologie, où il a été admis en soins intensifs une semaine auparavant, on est formel : il n'en est pas question, et puis, jusque-là, son état, bien que préoccupant, n'était pas désespéré. Tous font promettre au médecin de les avertir si la situation venait à s'aggraver. Sur le trottoir du boulevard de Port-Royal, Laurent a le sentiment qu'il vient de voir pour la dernière fois l'abbé vivant.

Laurent Desmard, le gardien du Temple ! Nous

nous voyons souvent. Un grand gaillard, tout en rondeur, un roc au cœur tendre, animé par les valeurs qu'il a découvertes au détour de la lecture des *Chiffonniers d'Emmaüs,* il y a trente-cinq ans[1]. Depuis il n'a plus quitté l'abbé, jusqu'à devenir son secrétaire particulier.

Quelques heures après avoir laissé le grand-père, le téléphone sonne chez lui. C'est sa femme qui décroche. À l'autre bout du fil, la voix du médecin de garde :

– Comme vous nous l'avez demandé, nous vous prévenons. Si vous voulez venir, c'est maintenant.

Laurent Desmard s'habille en toute hâte, appelle Martin Hirsch, le président d'Emmaüs, puis Odile Grouès, sa nièce, qui ne décroche pas. Elle a confondu la sonnerie du téléphone avec celle du réveil ! Le temps qu'elle trouve qui a essayé de la joindre, elle rappelle Laurent. Son oncle est au plus mal. Il faut faire vite. Quand ils se retrouvent à l'hôpital du Val-de-Grâce, l'abbé lutte pour s'oxygéner. À leur entrée dans la chambre, ils le découvrent allongé, les yeux clos. Il respire très difficilement. Les machines travaillent. Des graphiques et des chiffres, auxquels on ne comprend rien. Laurent et Odile s'approchent de lui. On se met à prier tout haut. Son secrétaire murmure à son oreille, pour qu'il l'entende mieux. Le malade ne réagit pas. À peine perçoit-on un léger apaisement. Puis Odile prend le relais, pendant que Laurent caresse son front et sa barbe blanche. Il égrène alors le « Je vous salue Marie », la main de

1. Boris Simon, *Les Chiffonniers d'Emmaüs,* rééd. Michalon, 2004.

l'abbé dans la sienne. Le géant de la miséricorde la serre, très légèrement. Laurent et Odile échangent un regard.

– C'est drôle, je le sens mieux, chuchote Laurent.

– Oui, sa respiration s'est apaisée, j'ai l'impression qu'il va s'endormir.

Il y a quelques jours, le miracle n'avait-il pas eu lieu ? Par la grâce de la prière efficace, l'abbé n'avait-il pas retrouvé un regain de cette vitalité que l'on croyait enfuie ? Mais très vite, le monitoring retentit. L'infirmier de garde arrive en toute hâte.

– Il cesse de lutter. Il ne s'oxygène plus, il est en train de partir.

C'est à ce moment que Martin Hirsch pénètre dans la chambre. Le futur haut-commissaire de Nicolas Sarkozy – d'abord à la Solidarité puis à la Jeunesse – nous aurait-il crus si nous lui avions dit qu'il serait le président d'Emmaüs qui enterrerait son fondateur ? La machine crie de plus belle. Un médecin prend les affaires en main.

– C'est la fin, dit-elle à Martin, Odile et Laurent, serrés autour de l'abbé.

La respiration cesse durant un temps qui paraît interminable… Puis elle reprend. Puis elle cesse à nouveau. Définitivement. Henri Grouès, plus connu sous le nom de l'abbé Pierre, est parti. Laurent et Martin pleurent à chaudes larmes. Odile est plus réservée. Ils ne savent pas quoi se dire. Signalées par la machine, quelques bribes de battements cardiaques, mais le médecin est formel.

– C'est vraiment fini. Vous allez devoir quitter la chambre, nous allons le préparer.

2.

Comme une traînée de poudre…

Sur le seuil de la porte, Laurent lance un dernier regard au plus populaire des Français. Les infirmiers sont en train de lui enlever son masque à oxygène. « Le grand-père est mort », se dit-il, sans oser y croire. Martin et Odile, tout à leur chagrin, ont-ils deviné la pensée de leur ami ? Un infirmier les conduit dans la salle où le personnel soignant a l'habitude de se reposer. On leur sert un café. L'heure n'est plus aux pleurs. Il leur faut rédiger le communiqué de presse, en veillant à sa formulation, pour dire au mieux la grandeur de celui qui vient de nous quitter. Martin joint l'Agence France-Presse et Emmaüs. Odile téléphone dans sa famille pour annoncer la nouvelle. Laurent Desmard, lui, est encore avec l'abbé, en pensée.

Ses pas le ramènent dans la chambre du défunt. Il veut emporter avec lui une dernière image de son ami, au seuil de la dernière heure. Les infirmiers ont fini. Le drap qui le recouvre laisse voir son visage et ses bras. Son secrétaire ne l'a jamais vu aussi maigre. La peau lui colle aux os. Il est livide déjà. C'est sûr à présent, Martin a téléphoné : les compagnons savent qu'ils sont orphelins. Quelques-uns de Neuilly-Plaisance, là où l'aventure a commencé en 1954, lui avaient rendu visite il y a un mois et demi. Le fondateur d'Emmaüs leur était apparu toujours aussi lucide, à l'écoute, aux colères intactes. Bien sûr, nous tous qui le côtoyions, nous nous attendions à le voir mourir. Il avait 94 ans ! Mais très vite, à le voir s'émouvoir d'un rien, à l'entendre s'extasier sur tout, nous nous convainquions du contraire : animés par la crainte que l'on éprouve quand on aime beaucoup quelqu'un, nous le guettions avec une attention particulière et peut-être avec plus d'angoisse que ce qu'il était normal d'éprouver.

Je les imagine, tous ces compagnons, réunis dans la grande salle, au petit déjeuner. Il est très tôt encore, mais bientôt il va falloir aller déménager un grenier, une école ou la propriété cossue d'un notable. La campagne est enneigée, le vent s'engouffre dans les rues et les chemins de traverse. On fume une dernière cigarette, on boit la dernière gorgée de café, avant de démarrer les camions au garage. Mais aujourd'hui, on n'a pas le cœur à raconter les trouvailles de la veille. Ni même à commenter la nouvelle qui vient de tomber. Peu de mots ou trop de pudeur pour parler. Ces hommes, frappés un jour par le malheur ou en quête d'eux-mêmes, ont tous perdu un père. Seule la radio grésille. Le journaliste de la matinale de RTL lit le communiqué de Martin : « Les faibles et les pauvres ont grandi à son contact. Le seul hommage que l'on puisse rendre à cette incarnation de la bonté, c'est de continuer son combat. » Continuer, c'est ça, pour remonter la pente ; la pente qui, aux dires de l'abbé, avait fondé la réussite d'Emmaüs, parce qu'elle permettait de démarrer les camions dans la descente du 38, rue Paul-Doumer, à Neuilly-Plaisance.

Désormais dans cette petite chambre, je sais que Laurent n'est plus seul. Tous les compagnons de France et de Navarre sont là. Ils lui tiennent la main comme pour le rassurer. « Quand on a mis sa main dans celle des pauvres, on trouve à l'heure de mourir la main de Dieu dans son autre main », semble lui dire encore le combattant infatigable, étendu sur son lit.

3.

Un mauvais pressentiment

Ce matin-là, je suis réveillé dès 7 heures par la sonnerie du téléphone. Au bout du fil, des journalistes à l'affût.

– L'abbé Pierre vient de mourir, vous qui le connaissiez si bien et qui êtes son biographe de toujours, parlez-nous de lui.

L'émotion me laisse d'abord sans voix. Je connais Henri depuis plus de vingt ans. Ces derniers temps, j'avais de mauvais pressentiments. Je l'avais vu pour la dernière fois il y a quelques semaines. Je l'avais trouvé alors particulièrement las, sans ressort. D'habitude, je ne m'en inquiétais pas. Il apparaissait souvent ainsi, aux portes de la mort, puis un petit rien, un mot, un nom suffisaient à relancer la machine. Il renaissait soudain : ses yeux s'agrandissaient, qui traduisaient successivement une riche palette de sentiments. Sa voix, d'abord inaudible, s'affermissait pour devenir grave et profonde. Mais cette fois, c'était différent. Le 12 janvier, bien que je ne souhaite pas l'importuner, j'avais composé son numéro. J'étais tombé sur la voix amie de Laurent Desmard :

– Tu tombes à pic ! Un peu plus et tu me ratais ! Je fiche le camp après-demain voir mon fils.

– En Argentine ?

– Eh oui, quinze jours ! Du 15 janvier au 8 février, vacances ! Enfin !

– Et Henri ?

– Ça ne va pas fort… Il est attendu lundi à l'hôpital pour une remise à niveau.

Je connais le secrétaire particulier de l'abbé par cœur. Malgré sa gouaille habituelle, j'avais deviné qu'il n'était pas dans son assiette. Et puis, j'avais lâché les mots qui fâchent.

– Tu lui as dit que tu t'en allais ?

– Tu es fou ! Ces dernières années, chaque fois que je suis parti pour quelques jours, il en est tombé malade. Je ne veux surtout pas l'inquiéter. Et puis une sacrée surprise l'attend, on ne s'est pas moqué de lui… Georges Chevieux, tu connais ?

– Oui, bien sûr ! Le responsable de la communauté Emmaüs de Genève ?

– Eh bien, il a mis le paquet !

Dès sa sortie de l'hôpital, Henri s'envolerait pour la Suisse, qu'il chérissait. Un lieu de repli où il aime se ressourcer quand la tempête gronde. Je connais un peu Georges, que j'ai rencontré quelques fois, là-bas à Genève, où Laurent m'a emmené. Je n'ignore rien des liens qui l'unissent à l'abbé, depuis quarante ans. Dans le cadre de son service militaire sous le commandement du général Massu, Georges avait effectué, à Rouen, une mission humanitaire de dix-huit mois à ses côtés, avant d'entrer à

Emmaüs, du temps des communautés itinérantes. Il a la soixantaine grisonnante, et un allant qui n'a d'égal que sa grande affection pour Henri, malgré leurs différences.

4.

Sa dernière joie

Henri, qui avait parcouru la planète du nord au sud et d'est en ouest, avait accueilli, paraît-il, l'idée de ce voyage plutôt fraîchement. Le vieil homme avait prétexté une grande lassitude, qui ne lui permettait pas de faire un déplacement si éprouvant. Et puis, il était aux quatre cents coups : celle qu'il considérait comme sa petite-fille était en train de divorcer. La suite, je la connaissais : s'il y avait une famille chère au cœur d'Henri, c'était bien celle-ci ! Ah ! Les Porte ! La première famille qu'il avait hébergée en 1954. Le père et la mère vivaient dans un trou avec leur petit Joël. Il leur avait donné une tente, puis, avec les compagnons d'Emmaüs, leur avait construit une petite maison. Là était née Annie, qui plus tard avait mis Marlène au monde. Il y a quelques années, la jeune femme avait obtenu son diplôme d'avocate. Elle était la plus grande fierté de l'abbé, l'incarnation de cette résilience qu'il avait évoquée dans son dernier livre au parfum de scandale. Mais aujourd'hui, il était très inquiet : comment allaient réagir les trois filles de Marlène à l'annonce de la séparation de leurs parents ? Il ne parlait pas d'autre chose à Laurent, en tournant comme un lion en cage dans la chambre-bureau d'Alfortville :

– Il faut faire quelque chose. On ne peut pas les laisser comme ça. Les petites sont malheureuses. Qu'en penses-tu ?

– Et si vous emmeniez les filles et leur mère en Suisse avec vous ? Je suis sûr que Georges serait d'accord…

L'occasion était trop belle pour que son secrétaire ne la saisisse pas au vol. Il venait d'avoir une idée de génie, de celles qui font taire toutes les objections, fussent-elles émises par un abbé madré, rompu à l'art de la négociation ! Henri s'était rué sur la proposition. Laurent, lui, s'était empressé de téléphoner à Georges pour qu'il organise le voyage. Pour épargner au vieil homme la fatigue du trajet, un avion privé qu'un ami suisse avait mis gracieusement à sa disposition viendrait le chercher à l'aéroport du Bourget, qui le mènerait à l'aéroport de Sion. De là, un hélicoptère l'embarquerait pour Crans-Montana dans les Alpes suisses, au grand air et aux bons soins de ses amis. Il n'en fallait pas plus pour le réjouir. Le départ devait se faire le 30 janvier, le 12 il avait déjà bouclé sa valise ! Il ne tenait plus en place, comme l'enfant espiègle qu'il était resté au fond de lui. À chacun de ses visiteurs, il racontait, une lueur malicieuse dans le regard, son prochain périple. Nul n'y échappait.

Qui pouvait prévoir ce qui allait arriver ?

5.

« À l'aide ! »

Le lendemain de ma conversation avec Laurent, Henri était admis en urgence à l'hôpital du Val-de-Grâce. Les vacances venaient de commencer pour son secrétaire, qui avait décidé de faire la grasse matinée. Mais voilà, vers 9 h 30, il avait été tiré du lit par la sonnerie du téléphone.

– C'est Sébastien ! L'abbé ne va pas bien du tout. Viens vite.

Il avait bondi de son lit, s'était habillé à la vitesse de l'éclair, et avait filé à Alfortville. Pauvre Laurent ! Lui qui se réjouissait à l'idée de retrouver son fils qui l'attendait à Tilcara ! Un an et demi qu'il ne l'avait pas vu. Pour l'amour de l'abbé, il s'en voulait parfois de délaisser son garçon. Je connais suffisamment Laurent pour deviner qu'il avait pensé à annuler ses vacances. Mais Martin et Sébastien, auxquels il s'était ouvert de son intention, s'y étaient opposés. Et puis, il ne fallait pas prendre le risque de froisser Sébastien, ni de le démobiliser, lui qui souhaitait de tout cœur relayer Laurent, après avoir passé quelques années dans la communauté Emmaüs de Florence. C'était décidé, il partirait. En attendant, on était convenu que Sébastien se rendrait chez l'abbé, dans la soirée du samedi, pendant que Laurent ferait un saut au bureau pour achever les travaux en cours. Enfin, il lui restait une dernière chose dont il devait s'assurer. Quelques jours auparavant, l'aide-soignante les avait quittés sans préavis. Avec Gordana, c'est elle qui s'occupait de la toilette d'Henri, de ses repas, de son linge, de son ménage ; certaines nuits quand il n'allait pas bien, elle le veillait même. Elle devait être remplacée dès le samedi soir. La « nouvelle », ni Laurent ni Sébastien ne la connaissaient, mais l'entreprise qui l'employait les avait assurés des compétences de la jeune femme. Le samedi soir, quand Laurent était arrivé à Alfortville, tout semblait en ordre. Sébastien était là, fidèle au poste. La nouvelle aide aussi. Henri était fatigué, mais pas plus que d'habitude. Son secrétaire pouvait s'envoler à l'autre bout du monde l'esprit tranquille. Il était enfin en vacances.

Ironie du sort… Dès le départ de Laurent, Henri avait commencé à déglutir avec difficulté. Le lendemain, quand Laurent arrive à Alfortville, il ne peut que constater le spectacle de désolation qui s'offre à lui. L'abbé est allongé sur son lit, la tête et le buste sur des coussins. Il ne respire pas, il râle. Et puis, par intermittences, il entre en apnée, les yeux grands ouverts. Dans les regards que Sébastien et Laurent échangent, chacun peut voir la mort passer. Les idées se bousculent dans leurs têtes. Il faut envoyer d'urgence le malade à l'hôpital. Laurent demande à Sébastien de téléphoner à l'hôpital Broca, où Henri est suivi. Deuxièmement, il faut avertir Martin Hirsch. Enfin, il faut être le plus discret possible, pour éviter que les journalistes ne rappliquent. Mais voilà : Broca ne prend pas de malades en urgence. Henri est dans de beaux draps ! Laurent essaye de joindre le médecin particulier de l'abbé. C'est dimanche, il joue au tennis ! Il faut prendre une décision, vite… Sébastien appelle les pompiers, sans rien révéler de l'identité du malade. Au 15, on promet d'envoyer du secours rapidement. Commence l'attente, qui paraît interminable. Le vieil homme respire de plus en plus mal. Il va chercher son souffle très loin. Ses poumons se soulèvent et s'affaissent bruyamment. Et les moments d'apnée sont de plus en plus impressionnants. Une demi-heure se passe et toujours pas de secours à l'horizon. Laurent rappelle. Cette fois, c'est la bonne. Cinq minutes plus tard, les pompiers arrivent.

– C'est pour l'abbé Pierre, annonce Laurent.

Le nom est lâché !

– S'il vous plaît, soyez discrets, nous voulons éviter la presse au maximum, ajoute-t-il.

– Ne vous inquiétez pas, monsieur. Notre métier, c'est de sauver les gens, pas de faire des commérages.

Pour un peu, le chef de l'escouade se vexerait. Il n'empêche qu'à l'annonce de l'identité du malade, il s'empresse de téléphoner en haut lieu. Un quart d'heure plus tard, un gradé est là. Au final, quand le Samu arrive à son tour, de trois ils sont passés à huit, à tourner dans cette petite chambre. L'électrocardiographe est en place. Le malade est mis sous oxygène. Il respire un peu mieux, mais le médecin qui l'a ausculté ordonne l'hospitalisation. Laurent lui confie son dossier médical après avoir exprimé sa préférence pour l'hôpital du Val-de-Grâce. L'aide-soignante de l'abbé Pierre, dont c'est la première journée, est complètement affolée. Laurent et Sébastien préviennent

Gordana. Elle arrive bientôt pour soutenir sa nouvelle collègue. Laurent parvient enfin à joindre Martin. On se donne rendez-vous à l'hôpital, en début d'après-midi. Il est déjà plus de 13 heures.

6.

Les derniers sacrements

Sur la route qui les mène au Val-de-Grâce, Sébastien, Gordana et Laurent sont tous trois très inquiets. Parvenus non sans mal dans le service de cardiologie, ils doivent encore attendre. Martin Hirsch arrive à son tour. Sébastien joint les nièces de l'abbé qui devaient lui rendre visite l'après-midi même à Alfortville. Qu'importe qu'il soit hospitalisé, elles viendront quand même car elles ont une grande nouvelle à lui annoncer ! Toutes deux attendent un heureux événement. Cela lui fera tellement plaisir… Le médecin arrive enfin.

– Il souffre d'une grave infection pulmonaire. Nous allons lui administrer des antibiotiques pour l'enrayer. Le cœur est bon, il n'y a pas de problème de ce côté-là. En revanche, sa maladie de Parkinson s'est aggravée. Nous ne pouvons pas nous prononcer avant soixante-douze heures.

– Ses nièces doivent venir…

– Aujourd'hui, il faut le laisser tranquille. Et puis plus tard, éviter les visites trop nombreuses. Il est important aussi de décider lequel de vous prévenir en cas de problème.

On désigne Laurent. Puis Martin, en second... Après un temps, le médecin reprend :

– Jusqu'où pouvons-nous aller dans le traitement ?

Laurent bondit.

– Il refuse tout acharnement thérapeutique ! Je vous en supplie, oubliez la pharmacie et laissez la nature faire son boulot. Ce sont ses mots.

– Très bien. C'est à vous deux désormais de réguler les visites. Faites pour le mieux, il a vraiment besoin de repos.

On file le voir dans sa chambre. Étendu sur son lit, il respire mal et ne peut pas parler. Il est évident que l'on doit s'attendre au pire. Laurent téléphone à Tomiko, sa femme. Il faut annuler son départ pour l'Argentine. Il en a les larmes aux yeux. Mais sa place est ici, aux côtés de celui sur lequel il veille depuis des années. Bien sûr, il s'est préparé à sa disparition, comme nous tous. Mais maintenant qu'elle semble imminente, c'est une autre histoire. Et puis, il y a ce souhait d'Henri, qu'il lui susurre à l'oreille le lendemain. Le vieil homme respire un peu mieux, mais ce qu'il dit est presque inaudible. Il veut sortir pour partir en Suisse, puis demande, dans un murmure, que l'on prévienne Jean-Marie.

– Tu diras qu'il vienne faire son travail.

Le mercredi, après une réunion de crise au siège d'Emmaüs, Laurent va le chercher à la gare de Lyon. Jean-Marie Viennet est prêtre. C'est un prêtre engagé, pas de ces prélats replets qui vivent dans le faste, ou de ces évêques plus experts en droit canon qu'en souffrances humaines. Lui s'est fait « pêcheur d'hommes ». À l'instar des apôtres du lac de Génésareth, il lance ses filets dans la région de Montbéliard, où il va à la rencontre de ses prochains. Il arrête sa camionnette à proximité des foires et des marchés, là où l'humanité grouille. Le véhicule s'ouvre alors à tous ceux qui ont envie de parler, de dire dans le secret ce qu'ils ont sur le cœur, ce qui pèse et ce qui est léger, les faiblesses, les doutes, les angoisses, comme les réussites et les joies. La vie, quoi ! Et ça marche ! On se presse volontiers à la porte du fourgon. Peut-être parce que Jean-Marie n'a rien du curé des images d'Épinal : ni tonsure, ni soutane, ni sandales de pèlerin. Pas plus de col romain ou de croix, grande ou petite, au revers de la veste. Avec ça, un verbe chaleureux, un regard empli de bonté. C'est suffisant pour que les langues se délient et que les cœurs s'ouvrent. Comment s'étonner alors que l'apôtre des « sans-voix » l'ait choisi comme confesseur ? Et puis Jean-Marie est l'ami d'Emmaüs depuis toujours. Depuis sept ans, il préside l'association des Amis de l'abbé Pierre, dont la mission est de prendre soin du fondateur du mouvement et de subvenir à ses besoins. De l'ami au confesseur, il n'y a qu'un pas, qu'il a franchi allégrement. Son charisme et son engagement font de lui l'oreille toute trouvée où dire ses tourments, en s'assurant d'une bouche close et d'un cœur vibrant à l'unisson. Appuyés par l'aumônier du Val-de-Grâce, Laurent et Jean-Marie ont été autorisés à voir Henri en dehors des heures de visite. À leur arrivée à l'hôpital, il est au plus mal, plongé dans une quasi-inconscience. Ils se sentent si petits, devant le lit de ce géant. Le curé de Montbéliard s'approche et lui prend la main.

– Père, c'est Jean-Marie.

Rien… Laurent se tient dans un coin de la chambre. Il retient son souffle.

– Père, c'est Jean-Marie, avec Laurent.

Toujours rien, pas l'ombre d'une réaction. L'ami ne se décourage pas.

– Père, c'est moi.

Doucement alors, Henri ouvre un œil.

– Père, si vous voulez, nous allons prier ensemble.

L'abbé lui serre la main, il semble heureux. Calmement, Jean-Marie commence :

– Notre Père, qui êtes aux cieux…

Laurent n'en croit pas ses yeux. À peine a-t-il débuté la prière qu'il voit les lèvres du moribond remuer. Aussitôt, très distinctement, il continue la prière.

– Que ton nom soit sanctifié, que ton règne vienne, que ta volonté soit faite sur la Terre comme au Ciel.

C'est proprement inouï. On a du mal à contenir ses larmes, Henri est soudain si présent, alors que quelques secondes avant, il semblait déjà ailleurs. Dans le silence de la chambre résonne la prière de tous les chrétiens, cette prière à laquelle il est tant attaché. Je le revois, quand il avait décidé, à plus de 80 ans, d'apprendre à taper à la machine. À cause de la maladie de Parkinson qui l'handicapait, il frappait sur le clavier avec ses deux index, comme dans les postes de police. Quand je m'étais approché de lui, pour mesurer les progrès de son entraînement, j'avais lu le « Notre Père », écrit tant bien que mal une dizaine de fois.

Après quelques instants de silence, Jean-Marie commence le « Je vous salue Marie ». Henri médite ce qu'il prie, jusqu'à l'ultime phrase.

– Priez pour nous pauvres pécheurs, maintenant et à l'heure de notre mort…

Il prend tout son temps et, dans le plus grand des recueillements, articule distinctement :

– Maintenant et à l'heure de la Rencontre…

C'est si net, si clair. Proprement extraordinaire. Laurent et Jean-Marie en ont la gorge serrée. Cette substitution, dans la bouche de l'abbé, n'est pas nouvelle. Il a toujours eu coutume de remplacer le mot « mort » par celui de « rencontre », quand, au chevet d'un des siens à l'agonie, il l'accompagnait dans ses derniers moments. Il s'était même ouvert de cette habitude à un journaliste, à la suite de quoi il avait reçu une lettre de reproche, signée d'un vieux prêtre : « Quel culot d'oser parler de la rencontre : comme si vous étiez sûr que ça se passe bien ! »

7.

« Donne-moi ma canne... On s'en va ! »

Après cette visite, où l'ami-confesseur lui a donné l'extrême-onction, Henri semble prêt pour le grand voyage, si longtemps espéré. Jeune, il se voyait mourir à l'âge du Christ. C'était raté : il en avait presque trois fois plus ! Au soir, son état a empiré, si bien que le lendemain, c'est à reculons que Laurent se rend à l'hôpital, l'estomac noué. Dans quel état va-t-il le retrouver ? Il est tout à ses réflexions quand il croise le médecin.

– Notre malade se porte mieux ce matin. Son état s'est nettement amélioré. Nous sommes contents.

Une bouffée d'espérance soulève le visiteur.

– Nous avons retrouvé des aliments dans ses poumons. La maladie de Parkinson a déréglé son système de déglutition. Dans l'immédiat, nous avons été obligés de lui mettre une sonde gastrique pour le nourrir. Il ne faut pas vous étonner de le trouver avec un tuyau dans le nez. Mais nous sommes sur la bonne voie.

Devant l'optimisme du médecin, Laurent Desmard ne trouve pas de mots pour le remercier. C'est en toute hâte qu'il se rend au chevet d'Henri. Dans le couloir, il croise un infirmier qui lui demande de rapporter la canne et le béret que l'abbé ne cesse de réclamer depuis le matin. Cette fois, ça ne fait aucun doute : le vieux est ressuscité ! Laurent le trouve assis dans un fauteuil. Il a envie de l'embrasser, mais Henri stoppe net les épanchements de tendresse de son secrétaire.

– Donne-moi ma canne !

– Père, je l'ai laissée à Alfortville mais je peux aller la chercher séance tenante, si vous voulez.

– Ce n'est pas la peine, rétorque-t-il, en montrant les arbres par la fenêtre. Va dans le bois couper une branche, ça suffira, puis nous prendrons la voiture et nous nous en irons de là. En chemin, tu t'arrêteras chez le premier commerçant venu et tu m'achèteras un Schweppes.

Laurent est soulagé. Le grand père va mieux, malgré l'incohérence apparente de ses paroles. Il profite de la visite du kinésithérapeute pour appeler Martin, Olivier – l'un des neveux du grand père – et Sébastien. Tous sont ravis d'apprendre la bonne nouvelle. On peut recommencer à espérer.

Quand il remonte dans la chambre, le cœur léger, Henri est toujours assis dans son fauteuil, mais il est clair qu'il cherche à se lever. Il semble terriblement agité. Il désigne sur un meuble une chose qui n'existe pas, et demande à nouveau à partir en voiture en quête d'un Schweppes, sa boisson favorite. Un bon signe. Tout à coup, dans un éclair de lucidité, il interroge Laurent :

– Qu'est-ce qui m'a valu l'honneur de toutes ces visites ces derniers temps ?

– Vous me faites rire, tiens ! Tout n'est pas perdu.

Trois jours plus tard, Henri entrera dans la lumière, pour une ultime rencontre.

8.

Un cercueil, une cape, une canne…

Le 22 janvier 2007 au petit matin, la dépêche qui tombe dans les salles de rédaction glace la France : « L'abbé Pierre est mort ! » Après tant de batailles menées contre l'injustice et de victoires remportées sur la misère, l'icône des Français vient de dire une dernière fois ces mots qu'il nous répétait souvent : « Maintenant ça suffit ! Enfin, les grandes vacances ! » Les premiers avertis sont les cuisiniers qui préparent le petit déjeuner dans les communautés. De bouche à oreille, la nouvelle se répand aux quatre coins du monde. C'est le branle-bas de combat dans les gazettes. Les périphrases fleurissent à la une des journaux : « Le défenseur des mal-logés », « le pape des pauvres », « l'homme qui tutoyait Dieu », « l'apôtre des sans-voix » est mort, des suites d'une infection pulmonaire.

Quand, une semaine auparavant, il avait été admis en urgence au Val-de-Grâce, Martin Hirsch et Laurent Desmard avaient alerté la presse en prenant garde de ne pas l'affoler. On voulait à tout prix éviter une déferlante de paparazzis immortalisant l'abbé Pierre en train de mourir. Ils s'étaient mis d'accord pour dire qu'il souffrait d'un début de bronchite, sans gravité, mais qu'ils avaient préféré avancer la date de la visite médicale à laquelle il devait se rendre quelques jours plus tard. L'idée s'était avérée bonne. Les journaux avaient annoncé la nouvelle avec un brin d'inquiétude – après tout, il avait 94 ans – sans tomber dans le catastrophisme. Moi-même n'avais-je pas été rassuré par les paroles du secrétaire ? Je n'étais pas dupe pourtant, le grand âge finirait bien par avoir raison de l'abbé. Mais la pudeur de Laurent, assortie à la discrétion qu'il avait érigée en règle de vie, avait réussi à masquer la terrible vérité. Henri était à l'extrémité. Et puis tout s'était passé si vite…

Deux jours après l'annonce de sa mort, je me suis rendu à la chapelle du Val-de-Grâce, où reposait sa dépouille. Je n'avais pas été mis au courant de son hospitalisation. Et quand bien même l'aurais-je été, sans doute n'aurais-je pas réussi à le voir. Les visites étaient contingentées pour lui épargner la fatigue des va-et-vient incessants. Bien que j'arrive très tôt, à l'ouverture, je ne suis pas seul. Devant moi, rue Saint-Jacques, s'allonge une file d'anonymes, le visage fermé, l'air recueilli, qui viennent saluer une dernière fois « leur » abbé. J'entends le vigile raconter que certains d'entre eux sont là depuis trois heures déjà, quand je croise le regard d'Henri, dont le portrait est rivé aux grilles de l'hôpital. Un large sourire fend sa barbe blanche, ses yeux rient. Devant son visage légèrement incliné, il a joint ses mains, le poing gauche serré, la main droite qui le recouvre tendrement. Tout un symbole pour ce mystique de l'action. De l'autre côté du pâté de maisons, devant l'entrée de l'hôpital, a été improvisé un mémorial de fortune. Un amoncellement hétéroclite de bougies et de fleurs, des portraits photocopiés, accrochés aux barrières de sécurité. Je l'entends gronder, d'outre-tombe : « Gardez vos sous pour les pauvres ! Eux en ont besoin, moi j'ai tout ce qu'il me faut. » Lui qui parlait de style « Louis Caisse » quand il s'agissait de définir son ameublement, aurait ri sans doute de me voir si ému devant les quatre planches sur lesquelles étaient posés sa canne et son béret. En même temps, j'ai toujours eu la conviction qu'il existe des êtres dont l'importance est telle qu'ils ne meurent pas. Je n'ai jamais éprouvé de ce point de vue une véritable angoisse face à la mort de ces grandes consciences que j'ai pu croiser. Leur message est si fort qu'on ne peut parler d'eux qu'au présent.

C'est d'ailleurs ce qu'on m'avait demandé de faire dès le lendemain. La messe de funérailles serait retransmise en direct par la première chaîne. J'avais été contacté par Jean-Claude Narcy, à la tête des opérations spéciales de TF1, pour témoigner sur son plateau. J'avais hésité, entendant encore son secrétaire me raconter combien il avait été difficile pour lui de révéler à la presse les derniers mots de l'abbé. Avec lui, c'est tout un monde qui disparaissait, que l'on soit croyant ou non. Les journalistes le mesuraient-ils ? Je me sentais dans la même situation que Laurent, en total décalage par rapport à ce qu'attendaient certains, en quête de sensationnel, obsédés par le classement d'Henri au *Journal du dimanche*. Pour moi, sa mort était un cataclysme, et non un événement people parmi d'autres. Laurent avait dû batailler ferme avec les pompes funèbres pour qu'on n'ouvre pas le cercueil dans la chapelle de Val-de-Grâce. Moi, j'étais soucieux de peindre le vrai visage du disparu, et non le masque d'un personnage, si différent de celui que l'on enterre. J'acceptai finalement l'invitation de TF1 même si sans doute j'aurais préféré, a posteriori, être dans les travées de Notre-Dame de Paris, aux côtés des compagnons. Ce qu'il y a de fantastique toutefois avec la télévision, c'est ce gigantesque écran devant vous qui vous happe. J'avais alors l'impression d'être un peu là, devant ce cercueil posé à terre dans le chœur, recouvert de sa légendaire cape noire, de son aube et de son étole violette de prêtre. Et puis je n'étais pas seul, si je m'en tenais à ses mots que m'avait rapportés Olivier Grouès, son neveu : « Le jour de mes obsèques, je serai au balcon de la cathédrale et je vous regarderai. »

9.

Notre-Dame de Paris

Ce qu'il aurait vu l'aurait-il comblé, lui à qui la célébrité pesait souvent ? Il n'avait jamais beaucoup aimé les hommages, contrairement à ce que prétendaient certains fâcheux, empressés de dénigrer celui qui était devenu bien malgré lui une icône. Il n'avait rien fait pour être le recordman absolu des classements de popularité et, fatigué par toute cette vénération, c'est lui-même qui avait demandé un jour de ne plus y figurer. Mais qu'y pouvait-il ? On l'avait tant aimé !

Le cortège funèbre avait été applaudi à tout rompre par le public, tout au long de son parcours jusque dans l'enceinte de la cathédrale. Nous tous n'avions qu'un seul mot à la bouche, qui résumait tous les ex-voto déposés ici et là : « Merci l'abbé ! » La France entière, qui lui rendait un hommage national, était bouleversée. Ce vendredi 26 janvier 2007, j'étais arrivé sur les plateaux de télévision couvert comme saint Georges. Il faisait un froid de gueux. Un temps idéal sans doute pour cet homme-là, mort à l'aube du mois de février, cinquante-trois ans après sa déclaration de guerre à la misère.

Février 1954. Un froid sibérien avait paralysé la France. Neuf centimètres de glace avaient transformé les lacs des bois parisiens en une gigantesque patinoire. Dans certaines régions, le mercure était descendu à – 30 °C. Les services de météo, dépassés par les événements, avaient menacé de se mettre en grève, quand dans la rue, on mourait de froid. Dans la nuit du 3 au 4 janvier, un bébé de la cité des Coquelicots, tenue par l'abbé à Neuilly-Plaisance, n'avait pas survécu. Quelques semaines plus tard, dans la nuit du 1er février, on avait retrouvé une femme morte gelée sur le trottoir du boulevard de Sébastopol, serrant dans sa main le papier qui annonçait la veille son expulsion. La suite, on la connaît. Au micro de Radio Luxembourg, un illustre inconnu avait appelé à « l'insurrection de la bonté », entendu jusqu'au fin fond du Larzac. Des dizaines d'années plus tard, bien qu'il gèle à pierre fendre, une foule d'anonymes se serrait devant l'écran géant installé sur le parvis de Notre-Dame. Ils étaient autant que la veille à Bercy, lors de l'hommage laïc qui avait été rendu à l'abbé, organisé par Emmaüs. De là où j'étais, je percevais cette vibration nationale. Au-dedans de la cathédrale, je lisais du chagrin sur les visages défaits des compagnons, assis aux premiers rangs comme Henri l'avait souhaité, aux côtés de nombreux membres du gouvernement et de dignitaires de toutes les Églises. Jean-Louis Borloo, en charge alors du portefeuille de la Cohésion sociale et du Logement, était au bord des larmes. À plusieurs reprises, le président Chirac avait paru très ému. Il était assis seul, face au chœur, comme le commande le protocole.

Nul n'ignore que la cathédrale Notre-Dame est

l'église du président de la République. J'ai bien ri après coup au récit que Laurent m'a fait de la préparation des obsèques, où il avait fallu faire taire sa tristesse pour composer avec les susceptibilités de chacun. Lors d'obsèques nationales ou d'hommage national, si le président ne dirige pas la liturgie, il commande la logistique. Ce qui avait valu des discussions épiques entre le clergé et l'Élysée, jusqu'au choix du siège du président. Toute une affaire… d'État. Alors que des membres d'Emmaüs étaient en pleine discussion avec monseigneur Jacquin, l'évêque coadjuteur chargé de l'organisation des cérémonies et du protocole, on avait sonné au presbytère de Notre-Dame. Un des curés qui assistaient à la réunion était descendu, pour remonter quelques instants après.

– C'est la représentante de l'Élysée qui est là.

– Faites-la monter, avait ordonné l'évêque.

Le curé était redescendu. Il était revenu seul, l'air contrit.

– Ce n'est pas elle qui doit monter, m'a-t-elle répondu, c'est vous qui devez descendre.

Ces politesses passées, on était entré dans le vif du sujet.

– Quel siège mettrez-vous au président ? demande l'émissaire de la république.

On lui en avait montré un.

– Non, pas celui-là, il est trop vaste, trop cossu. Vous n'avez pas quelque chose de plus simple ?

On était allé lui en chercher un autre.

– Ah non, pas un siège rouge ! C'est trop connoté sur le plan politique. Écoutez, ne vous occupez pas du siège, on l'apportera de l'Élysée.

Et l'évêque de lui répondre, fort civilement :

– Mais, madame, quand je vais à l'Élysée, est-ce que j'apporte mon siège ?

Cette anecdote, fort souriante malgré la gravité de l'instant, m'en avait rappelé une autre. À l'occasion de la messe donnée en l'honneur de l'anniversaire de la mort de Jean-Paul II, on avait installé Henri dans un fauteuil autour du chœur, de telle manière que personne dans l'assistance ne pouvait le voir. À la fin de la cérémonie, il avait appelé Laurent et lui avait lancé, d'un ton furibard :

– La prochaine fois, tu mets une aube et tu viens avec moi, c'est insupportable qu'on me laisse ainsi, tout seul !

L'évêque coadjuteur, qui l'avait entendu, l'avait semoncé :

– Mais, mon père, on l'a fait exprès, regardez là-haut, c'est une caméra, c'est même la seule, et c'est vous que l'on a mis dessous.

– Ah bon ! avait-il rétorqué, soudain plus calme... Et pour mon enterrement, comment ça va se passer ?

Henri n'en était pas à une facétie près, quand il s'agissait de parler de la mort, qu'il espérait comme une rencontre. Un autre jour, à Genève, à l'enterrement d'un membre influent d'Emmaüs, il avait soufflé à l'oreille de Georges Chevieux, le responsable d'Emmaüs à Genève :

– Regarde bien, c'est une répétition générale !

Mais aujourd'hui, ce n'était pas du cinéma. La préparation des funérailles du patriarche remontait à plus de vingt ans, quand on le voyait déjà mourant. Tant et si bien que la plus grande partie de ceux qui s'en étaient occupés étaient morts à l'heure où on l'enterrait et qu'il avait fallu presque tout reprendre au dernier moment. Face à ce cercueil posé à terre, à écouter les homélies de l'archevêque de Paris et du cardinal Barbarin, l'archevêque de Lyon – où l'abbé Pierre avait passé une grande partie de son enfance –, nous avions tous la gorge nouée. C'est la dernière fois aussi que j'entendais parler Franco Bettoli. À la télévision, les temps d'antenne sont comptés. Or son discours, qui relatait par le menu l'épopée d'Emmaüs, était long. En face de moi, Jean-Claude Narcy et les autres journalistes étaient aux cent coups.

– Il va tout nous foutre en l'air, il faut qu'il arrête.

– Mais qui c'est celui-là ?

Bettoli était l'un des hommes les plus attachants que j'aie jamais rencontrés. Il avait croisé le chemin de l'abbé Pierre dans les camps des jeunes d'Emmaüs des années 1960-1970. Sa vie en avait été bouleversée. Dans les années 1990, il était devenu président d'Emmaüs International. Laurent m'avait souvent confié n'avoir jamais connu un président qui fût d'apparence et de fond moins « président » que Franco ; il était avant tout un compagnon, ayant fait un vœu de pauvreté absolue. Sa bonté et sa douceur étaient infinies, sa connivence avec Henri unique. L'abbé avait une très grande admiration pour lui, si bien que ce dernier était le seul à pouvoir lui tenir tête sans le blesser. Ces deux-là étaient comme des frères. Leur entente se passait de mots, ils ressentaient ce qu'éprouvait l'autre. Franco avait tellement aimé les pauvres qu'on pouvait le considérer comme le fondateur du mouvement Emmaüs, avec l'abbé Pierre. Devant l'impatience des journalistes, j'essayais d'excuser son exaltation. Et puis, qui aurait pu deviner que ce jour-là, il s'exprimait pour la dernière fois en public ? Il est mort quelques mois plus tard, dans des souffrances atroces, dont il ne se plaignit jamais, aux dires de tous ceux qui l'ont côtoyé jusqu'à son dernier jour.

10.

Le petit cimetière

Après la sortie du convoi de Notre-Dame, l'émission avait encore duré une demi-heure. Les caméras avaient été interdites à Esteville, où l'on attendait l'abbé pour son dernier voyage. J'étais souvent allé lui rendre visite dans ce village normand où il s'était installé en 1992, épuisé d'avoir parcouru, son bâton de pèlerin à la main, les fronts sur lesquels sévissait la misère. C'est là, en pleine campagne, aux côtés des compagnons âgés ou malades, qu'il avait décidé d'attendre ce qu'il appelait les « grandes vacances ». On lui avait aménagé une chambre-bureau au premier étage.

Nous connaissions tous depuis longtemps son vœu le plus cher : reposer au cimetière d'Esteville, dans le carré réservé aux membres d'Emmaüs, au milieu des compagnons de la première heure. Pour l'occasion, j'avais retrouvé un film que j'avais réalisé en 1996 alors que Jean-Marie Viennet, l'ami-confesseur, s'apprêtait à officier dans le petit cimetière flanqué à l'église, devant les intimes du défunt. *Bâtisseurs d'amour* débutait par une séquence montrant Henri devant le tombeau des pauvres. Il était fort loquace.

– Voilà, moi je serai là, disait-il en pointant du doigt une place sous l'un des bras d'un christ jeté à même le sol. C'est là que je vais être, parce que de l'autre côté, vous voyez, il y a Mlle Coutaz.

Il priait souvent devant le « christ des chiffonniers », une grande statue en fonte récupérée par les compagnons chez un ferrailleur. Puis il parlait de tous ceux qui reposaient là, dont il connaissait la vie par cœur. Lucie Coutaz, la première secrétaire de l'abbé, en était. Une Savoyarde bâtie dans le flanc des montagnes, dont l'air sévère laissait place à une extrême bonté quand on l'avait apprivoisée. C'est elle qui, en 1943, avait caché Henri Grouès sous une fausse identité, alors que la police allemande le recherchait pour ses activités de résistant. Depuis, elle ne l'avait plus quitté, sans jamais faillir à son devoir. Elle était morte la main dans celle de l'abbé, qui l'avait veillée jusqu'à son dernier souffle. C'est elle aussi qui, un beau jour, avait ouvert pour la première fois la porte de l'abbé à Laurent.

Quelques semaines plus tard, j'étais retourné avec lui à Esteville, pour me recueillir sur la tombe d'Henri. Les compagnons étaient là, couchés côte à côte, en pleine terre. Sur chacune des plaques, que j'avais parcourues du regard, leur nom et trois dates : leur date de naissance, leur date d'entrée à Emmaüs, la date de leur décès. Pierre Drouault, René Combon, Lucie Gouet, Charles Gilardeau, Roger Bigle, André Morgan, Henri Marie, Charles Cailleau, Louis Merindol, Jules Carpentier, Georges Legay… Le fameux Georges, l'ancien bagnard sauvé du suicide en 1954, celui par qui tout avait commencé. Un homme de 40 ans, qui en paraissait 60, quand Henri avait fait irruption dans sa chambre. Il venait de passer des années à Cayenne pour avoir tué un père qui battait sa mère comme plâtre. Condamné à vingt ans de travaux forcés, il avait été libéré avant l'heure pour bonne conduite.

Mais à son retour, il avait trouvé une femme qui avait refait sa vie et une fille hostile. Il n'avait plus de raison de vivre. Face à un tel désespoir, Henri se sentait impuissant. Quelle parole lui délivrer pour l'apaiser et le réconcilier avec l'existence ? Il avait eu alors une inspiration fulgurante :

– Avant de te tuer, accepte seulement de me donner un coup de main pour aider les autres, ceux qui sont aussi malheureux que toi. J'ai besoin de toi.

L'aventure d'Emmaüs était née !

Quant à Jules, un autre compagnon mort à 80 ans, il était passé pendant cinquante ans de communauté en communauté jusqu'à finir ici, chez les vieux à Esteville. À l'époque où le goût de la boisson faisait des ravages dans les campements d'Emmaüs, il avait été le premier à se mettre à l'eau. Pour donner l'exemple, Henri lui avait emboîté le pas, repoussant jusqu'à la fin les verres qu'on lui tendait, invoquant sa mémoire.

– Sébastien était très proche de Jules, me dit Laurent qui avait suivi mon regard.

Une chose l'avait marqué chez lui. En tout et pour tout, il ne possédait qu'une seule petite valise dans laquelle il n'avait que deux livres : une bible que lui avait donnée l'abbé pour fêter ses trente-cinq ans à Emmaüs et un petit manuel pour l'aider à la lire.

– Jamais il n'a posé ses valises ?

– Non ! Il a trimballé ses livres pendant de longues années, sans jamais les avoir lus.

– Et puis après ?

– Comme il savait qu'il ne les lirait jamais, il me les avait offerts, pensant qu'ils me seraient plus utiles qu'à lui.

Ce militant d'Emmaüs qui s'était dévoué aux plus souffrants avait cherché Dieu toute sa vie sans jamais le rencontrer. Peu de temps avant qu'il meure, Henri lui avait rendu visite à l'hôpital et, là, pour la première fois, il avait confié à l'oreille de l'abbé qu'il croyait enfin à l'existence de Dieu. Henri était fou de joie. Le rire tonitruant de Laurent m'avait tiré de ma rêverie.

– Tu étais bien au chaud, toi, le jour de l'enterrement, mais je me souviens encore de la neige qui tombait à gros flocons. Une bourrasque à faire s'envoler le béret de l'abbé.

Oui, il neigeait ce jour-là à Esteville. Quelques jours après l'enterrement, Annie Porte, la maman de Marlène, m'avait appelé, très émue. Cette neige lui en avait rappelé d'autres. Celle qui tombait en 1954 quand l'abbé avait soustrait sa famille à la pire des misères. Celle aussi sur laquelle s'était extasiée sa mère, quelques jours avant de mourir. Annie avait apporté à la pauvre femme dans le coma une photo d'Henri, qu'elle avait accrochée devant son lit au bas de la télévision. Il commençait à neiger quand, soudain, la vieille femme s'était réveillée. Après avoir aperçu le cliché, elle avait porté son regard à la fenêtre. Elle qui était quasi muette depuis longtemps s'était exclamée alors, d'une voix forte : « La neige ! La neige ! »

À Esteville, ce jour-là, au moment où l'une des nièces d'Henri s'était mise à chanter, les flocons de neige avaient commencé à tomber comme des pétales de roses. Ils n'avaient cessé qu'une fois le cercueil du « pape des pauvres » mis en terre. Avec sur sa tombe, dénuée de plaque, une seule inscription : « Souviens-toi d'aimer. »

11.

La mort, comme l'amour, ça ne se rate pas !

La dernière fois que j'avais vu Henri, c'était au mois de décembre 2006. J'étais allé lui rendre visite chez lui, avant la messe qu'il avait coutume de célébrer à 18 heures sonnantes. Pourquoi avait-il choisi Alfortville pour dernière demeure, lui qui, quelques années auparavant, avait pensé finir ses jours à Esteville, au milieu des compagnons ? Peut-être parce que c'est dans cette petite ville, à quelques encablures de Paris, qu'Emmaüs International avait élu domicile. Peut-être aussi à cause de la proximité des hôpitaux, en cas de coup dur. Pour toutes ces raisons sans doute et pour d'autres encore, que j'ignore. Ce que je sais, c'est qu'une fois arrivé chez lui, il fallait connaître les lieux pour s'y retrouver. Henri s'était aménagé au fond du long couloir de ce qu'il appelait son « ermitage », une chambre-bureau-chapelle. Elle était composée d'un lit à une place et d'un bureau, entourés d'étagères qu'il fabriquait lui-même, pleines à craquer des livres et des objets qui lui avaient été offerts. Dans les années 1980, au moment où sa maladie de Parkinson s'était déclarée, était venue s'ajouter une table. Il y prenait ses repas quand il ne s'en servait pas d'autel.

Ici, tout était fait pour la méditation et la lecture. Henri y vivait « proche de Dieu et ouvert à l'humanité d'ici et de partout », comme Jean-Marie Viennet, son confesseur, aimait à le dire. C'est lui que je croisai dans l'escalier, au moment où je sortais de chez l'abbé en cette fin d'après-midi d'hiver.

– Jean-Marie ! Comment vas-tu ?

– Plutôt fraîchement ! Il fait un froid de tous les diables. Mais le père m'a convoqué…

Je souris. Je connaissais l'animal et ses impatiences de petit garçon.

– Va vite. Il t'attend de pied ferme.

Je ne croyais pas si bien dire. À peine Jean-Marie venait-il d'entrer qu'Henri, appuyé sur sa canne, lui sautait sur le poil.

– Assieds-toi, j'ai à te parler…

Jean-Marie connaissait cette entrée en matière. Après tout, il était là pour ça.

– Voilà, maintenant, c'est la fin.

Et Jean-Marie de lui rétorquer du tac au tac, comme chacun d'entre nous l'aurait fait :

– Père, ça fait cinquante fois que vous me dites la même chose, ça suffit, ça suffit, – avant de rajouter pour lui-même, dans un murmure : À d'autres !

Laurent n'était pas là… Dommage, il aurait haussé les épaules aussi. Comme Franco, comme Raymond, comme moi-même, comme tous ceux qui l'aimaient. Combien de fois avait-on ri de cette histoire de « grandes vacances », dès qu'Henri avait le dos tourné ? Il la serinait à qui voulait l'entendre, depuis des décennies, pendant lesquelles il avait enterré tellement de gens. Ce soir-là, pourtant, il semblait convaincu. Il avait regardé Jean-Marie droit dans les yeux, sans ciller.

– Tu crois que je plaisante, hein ? Tu te trompes. Cette fois, ça va s'arrêter.

Et dans le plus grand calme il avait poursuivi, comme s'il s'agissait de dicter la liste des courses à faire.

– Voilà ce que j'ai décidé : tu feras mon enterrement à Esteville. Veille à ce que ça soit simple ; n'oublie pas les compagnons et la famille. Tu feras lire la lettre de saint Jean, et ces quelques phrases seulement que tu vas noter. Dans le petit livre *C'est quoi la mort ?*, j'ai souligné deux ou trois de mes convictions[1]...

Jean-Marie, qui m'a raconté plus tard la scène, se souvient d'avoir souri à cet instant.

Dans le livre dont il s'était saisi, tout était souligné... Comme d'habitude !

La sérénité avec laquelle Henri avait évoqué ce soir-là l'ordonnancement de ses funérailles n'avait dû surprendre ni l'ami ni le confesseur. Lui qui a couché sur le papier vingt ans de voyage dans la foi et la prière le sait mieux que quiconque : Henri Grouès, devenu l'abbé Pierre, n'a jamais craint la mort[2]. Il l'avait frôlée tant de fois ! À 9 ans, une de ses blessures s'était infectée. Devant la gravité de son état, il avait fallu l'hospitaliser d'urgence. Des années plus tard, sous l'Occupation, il avait dérapé sur un glacier en éva-

1. Abbé Pierre, *C'est quoi la mort ?*, Albin Michel, 1999.

2. Jean-Marie Viennet, *La Foi d'un humble. Avec l'abbé Pierre, vingt ans de voyage dans la foi et la prière*, Espace Documents, collection « Racines », 2007.

cuant des juifs traqués par la police française. Lors de ses périples autour du monde, il avait manqué de périr en avion, entre Delhi et Bombay, ou sur les mers, quand en 1963, le *Ciudad de Asunción* avait fait naufrage au large des côtes argentines. Chaque fois, comme il me le répétait souvent, il avait songé qu'il y avait deux choses à ne pas rater : aimer et mourir. Et chaque fois, paraît-il, il avait éprouvé le même éblouissement à l'idée de cette « rencontre fantastique au-delà de toute imagination, avec Dieu, avec les anges, avec les milliards d'êtres humains qui ont existé[1] ! » Oui, la mort pouvait être un merveilleux moment de la vie...

Il faut dire que des morts et des vivants, Henri avait une vision toute personnelle. Ceux qui ne sont tournés que sur eux-mêmes, qui ont peur de tout ou qui n'en ont jamais assez, qui ignorent ce que signifie se priver pour les autres ou leur faire plaisir, ceux-là n'appartiennent-ils pas déjà au royaume des morts ? Tandis que les hommes et les femmes qui vivent plus chichement, sans bruit, mais dont le seul combat est de faire le bonheur des autres, eh bien ceux-là sont pour lui vraiment en vie. « Même si leur corps meurt, ce qu'il y a de meilleur en toi ne disparaîtra jamais », confiait-il souvent à l'heure de la prière. Jean-Marie pourrait en témoigner : à l'instar des Anciens, comme Sénèque et Marc Aurèle, Henri a toujours eu une vision hautement valorisante de la mort, débarrassée de toute dimension funèbre ou morbide.

Dans le florilège de ses propos sur la mort, innombrables, j'ai toujours préféré celui-ci, l'un des moins

1. Abbé Pierre, *Mémoire d'un croyant*, Fayard, 1997, p. 169.

connus sans doute, mais aussi l'un des plus simples : « Ce que nous ressentons face à la mort, c'est un peu comme ce petit être qui quitte le ventre réconfortant de sa maman pour entrer dans un monde inconnu. » Cette phrase, selon moi, symbolise le chrétien stoïcien qu'il était. Ne parlait-il pas du « privilège rare » qui lui avait été donné d'assister dans leurs derniers moments les êtres chers à son cœur, leur tenant la main, sentant leur pouls jusqu'à l'ultime battement ? Pour lui, ils n'étaient pas morts, mais ailleurs, comme si on lui avait annoncé qu'ils étaient partis sur la Côte d'Azur. N'allait-il pas même jusqu'à éprouver de la joie devant le cercueil de ses plus proches, quand d'autres se répandaient en larmes et en « je regrette » ? « J'aimais beaucoup mon père, mais je n'ai versé aucune larme, écrivait-il. J'étais même empli de joie. J'étais également seul au chevet de maman… Ce fut d'une telle douceur que j'avais l'impression que les rôles s'étaient inversés : j'étais comme une maman au chevet de son tout-petit et ce fut pareil pour Mlle Coutaz[1]. » Ainsi Henri tenait-il la mort pour une nouvelle vie, libérée de toutes les souffrances. Il répétait à qui voulait l'entendre : « Ceux qui meurent rejoignent tous ceux qui ont vécu avant eux et forment une grande famille. »

Une grande famille à laquelle il avait hâte d'appartenir, lui dont la flamme vacillait. Certaines personnes, disait-il encore, meurent accidentellement, d'autres à cause de guerres, de violences, de famines, de maladies ou tout simplement de vieillesse, comme une bougie s'éteint, consumée par le temps. Pour lui,

1. Abbé Pierre, *Testament*, Bayard, 1994.

la mort n'était que le prolongement de la vie. Il ne se contentait pas d'en balayer les frayeurs d'un revers de main, il désirait depuis toujours celle qu'il tenait pour « un rendez-vous longtemps retardé avec un ami, une rencontre prodigieuse, éblouissante, de l'Infini, de l'Éternel, de l'Amour ». Certains, pour lesquels n'existent ni Dieu ni Diable, l'enviaient de s'apprêter à retrouver le néant avec, au cœur, la plus belle et la plus consolante des illusions. Ceux qui croyaient au Ciel le regardaient déjà comme un saint et pour un peu auraient crié le « *Santo subito !* » des fidèles rassemblés place Saint-Pierre, à l'annonce de la mort de Jean-Paul II. Oui, davantage encore que le rôle de l'Église, le célibat des prêtres ou la contraception, presque autant que l'amour et la disponibilité aux souffrants, ce qui le préoccupait le plus à la fin de sa vie, c'était sa rencontre avec la mort. Il en plaisantait même. Ces dernières années circulaient régulièrement des rumeurs : cette fois, l'abbé Pierre était mort !

– Si seulement c'était vrai ! s'exclamait-il invariablement.

L'anecdote prêtait souvent à sourire. On avait tort. Depuis que la maladie de Parkinson l'avait cueilli un beau matin, Henri savait ce qui l'attendait.

12.

La lampe baisse

Bien sûr, nous qui guettions ses faits et gestes depuis des années, nous n'étions pas aveugles : oui, la lampe baissait, selon l'image qui lui était chère.

– Je ne peux plus rien faire. À quoi ça sert que je reste là ? Il vaut mieux que je parte, répétait-il souvent à Laurent.

– Dites-moi, vous ne croyez pas que vous en avez assez fait ? Vous avez mérité de vous reposer, non ?

– Je ne sers plus à rien, je suis un zéro.

Derrière ces mots se cachait un désespoir bien réel ; et Laurent ne trouvait rien à lui répondre car il n'y avait rien à dire. Pour Henri, n'être d'aucune utilité, ce n'était pas possible. Il avait l'âme mélancolique des grands sensibles, surtout après s'être donné aux autres comme il s'était donné. Et désormais, il avait raison.

– Il faut que je trouve normal d'être anormal, se plaisait-il à me répéter.

Lui qui était très lucide n'était jamais à court de métaphores pour exprimer la sensation d'être dépossédé de lui-même. Tantôt il se sentait comme une

« batterie hors circuit » ou un « pneu crevé », quand il n'était pas un objet que l'on plaçait à sa convenance, « comme on met le couvert sur une table[1] ». À en croire Laurent, bien que la vieillesse n'ait pas exercé sur le grand-père tous ses ravages – loin s'en fallait – il était clair que cet homme, fondamentalement libre, souffrait profondément de se sentir toujours plus dépendant des autres. Lui qui les avait toujours secourus, avec cette joie immense que je lui connaissais, était contraint à son tour de demander leur aide. Ce sentiment d'inutilité, son secrétaire particulier m'avait confié le constater de plus en plus souvent. La dernière fois, c'était sur le chemin qui les menait tous deux à la présentation des vœux du président de la République, en janvier 2007. Ensemble, ils évoquaient le prochain voyage en Suisse, avec cette famille qu'il chérissait.

– Mon père, comme il n'y avait plus que deux places disponibles dans l'avion, j'ai préféré Gordana à Hélène pour vous accompagner.

– Comment ça ? J'ai toujours voyagé avec Hélène ! Pourquoi pas cette fois ?

– Hélène est maintenant âgée… La pauvre femme n'a plus la force de se charger de vous et de vos valises, bourrées de livres.

Hélène est l'une de ces femmes dont le courage face aux épreuves de l'existence force l'admiration. La vie ne l'a pas épargnée. Mais quelle détermination ! Quelle capacité à faire face à l'adversité ! Bien

1. Abbé Pierre, *Testament, op. cit.*

qu'elle soit restée jeune et pimpante sous ses cheveux argentés, celle qui s'occupait bénévolement de l'abbé depuis cinq ans désirait retourner dans sa région, au bord de la mer.

– Tu te rends compte, c'est moi qui devrais prendre soin d'elle, après tout ce qu'elle a fait pour moi durant des années, avait rétorqué Henri. Mais je n'ai plus la force.

– Mais enfin, vous avez 94 ans !

Henri s'était emporté, accusant son secrétaire de lui avoir parlé vertement.

– Tu viens de me dire « ta gueule », avait-il soutenu à Laurent.

– Mais pas du tout ! Je ne vous ai jamais dit ça !

– Si ! Tu viens de me dire « ta gueule », parce que j'ai 94 ans et que je n'ai plus le droit de parler, plus le droit de rien faire... Vous tous, vous ne vous rendez pas compte comme c'est accablant, l'âge !

Laurent n'était pas le seul auquel Henri s'ouvrait de son impuissance. Et cela depuis bien longtemps. Je l'entends encore me dire à Esteville, alors que je m'extasiais de sa vaillance :

– Maintenant je me fais gronder lorsque je monte sur une chaise, parce que je monte sur des chaises, quand même ! On veille sur moi, on me protège... Jusqu'à une certaine époque, je me voyais toujours, disons, à 30 ans, et puis un beau jour, ce serait fini...

Quiconque l'interrogeait sur sa santé avait droit à la même réponse. Un geste de la main aurait suffi à mimer la chose :

– Comme ci, comme ça, avec des hauts et des bas, mais beaucoup plus de bas que de hauts. Vous savez, je vais avoir 94 ans !

– Eh bien, félicitations ! Vous vous portez à merveille.

– Mais je n'y suis pour rien !

13.

Il souffrait plus que de raison…

Où Henri trouvait-il le ressort pour continuer, malgré sa constitution si malingre, malgré la maladie et les vicissitudes de l'existence ? Combien de fois ses enthousiasmes avaient-ils eu raison de sa résistance physique ? Et pourtant ! En dépit de son apparente fragilité émanait de tout son être une énergie de colosse. Cette force, il la puisait chez ceux qu'il appelait « les plus faibles que nous ». Tout au long de sa vie, ce sont eux, ce sont leurs plaintes, leur sentiment d'injustice, leurs espérances qui avaient alimenté sa révolte et rendu son verbe si contagieux. Il comprenait chacun de ces hommes, chacune de ces femmes, au-delà des mots. À la fin de sa vie, même au plus bas, il continuait à les écouter et à sécher leurs pleurs. Qu'il leur réponde par courrier ou qu'il les reçoive dans son antre, il ne manquait jamais de leur distiller ses conseils, avec une parfaite simplicité. Le temps ne comptait plus alors, seule importait la souffrance de l'autre. J'entends encore son ami Bill Mc Comish, ancien pasteur de la cathédrale Saint-Pierre de Genève, me peindre sa compassion.

– Chez lui, c'était instinctif, nullement le fruit d'un

apprentissage. On n'avait pas besoin de lui expliquer, il entrait d'emblée en sympathie avec la souffrance de l'autre, il souffrait avec la personne qui souffrait.

Georges Chevieux m'avait un jour rapporté une anecdote qui en disait long sur la nature de cette « sympathie ». Un soir, il avait téléphoné de Genève à Henri pour prendre de ses nouvelles, en veillant à taire ses tracas du moment. Au petit matin, il l'avait retrouvé dans sa R5 garée sur son parking, épuisé d'avoir voyagé toute la nuit.

– Père, que faites-vous là ? Il est arrivé quelque chose de grave ?

Et l'autre de s'exclamer :

– C'est à moi de te le demander ! Hier soir, ta voix m'a inquiété, je n'en aurais pas dormi. Alors, j'ai préféré venir.

C'était tout lui ! Il venait de faire cinq cents kilomètres dans la nuit simplement parce qu'il avait perçu, aux intonations de son ami, son inquiétude ! « Aimer, c'est avoir mal du mal des autres », disait-il souvent. Et toute sa vie n'avait été que l'illustration de cette maxime. Qu'il s'agisse de réveiller les bonnes consciences d'une époque, de porter secours à un ami dans le désarroi ou d'accueillir à bras ouverts un inconnu en peine, il répondait toujours présent. Je me souviendrai toujours de ce jour où j'étais allé le retrouver à l'abbaye bénédictine de Saint-Wandrille, du temps où j'écrivais *L'Insurgé de Dieu.* Mes visites, presque quotidiennes, obéissaient à un rituel bien rodé. Je prenais le train à la gare Saint-Lazare, dans le brouhaha et les bousculades matinales, pendant que lui m'attendait dans la sérénité de sa cellule monacale. Un matin, alors que j'étais bientôt arrivé au terminus, j'avais croisé le regard d'un passager, à l'autre bout du wagon. J'avais été frappé par la tristesse profonde qui en émanait. La pudeur, ou peut-être la lâcheté, m'avait empêché de l'aborder, mais l'homme faisait vraiment peine à voir. Il était bien mis, mais son air égaré ne trompait pas. À peine étais-je arrivé chez Henri qu'il m'assaillait de questions, sans même avoir pris le temps de me saluer :

– N'aurais-tu pas remarqué dans le train un homme seul, d'une quarantaine d'années ? Il a dû descendre à Yvetot, comme toi...

– Non, mon père, je ne vois pas... Il y avait bien un homme, mais plus jeune me semble-t-il. Il paraissait complètement désemparé. Je l'ai perdu de vue sur le quai de la gare...

Avant même que j'aie terminé ma phrase, Henri avait tourné les talons et était sorti prestement de la pièce. Les heures avaient passé. J'avais appris par la suite que l'inconnu du train, au bout du rouleau, avait téléphoné à l'abbé la veille, qui l'avait convaincu de le rejoindre à Saint-Wandrille. Ne le voyant pas arriver, il avait fini par faire plusieurs fois le tour du village, mort d'inquiétude. Il avait questionné les passants et s'était arrêté chez tous les commerçants avant de le retrouver au coin d'une rue, l'air perdu. Alors, il avait passé deux heures avec lui, l'écoutant, lui prodiguant ses conseils. À la nuit tombée, il l'avait raccompagné à la gare après lui avoir donné de l'argent. Je crois que c'est ce jour-là que j'ai vraiment compris ce que signifiait se donner « aux plus faibles que nous ».

De la souffrance des autres, Henri extrayait la sève de ses combats. C'est pourquoi nous le voyions si souvent se jeter tête baissée dans les drames de son prochain. Non seulement sa disponibilité aux autres outrepassait ce qu'on imagine, même chez les plus généreux d'entre nous, mais elle dépassait l'entendement. Elle était si intense, si lumineuse, si inattendue parfois, qu'on ne pouvait blâmer ses proches d'essayer de le protéger en barrant la route aux fâcheux. Laurent, Jean-Marie, Franco m'ont tous raconté, à leur manière, la même chose. Certains visiteurs les exaspéraient. Des « pseudo-souffrants » sous lesquels se cachaient des tire-au-flanc et des profiteurs. Mais il n'y avait rien à faire : dès qu'Henri avait décelé en l'autre la plus infime parcelle de malheur, il devenait impossible de lui faire entendre raison.

Cette disponibilité-là, à toute heure du jour et de la nuit, n'était pas une sinécure. Ce serait accorder trop de vertu à la souffrance que de croire qu'elle humanise. Bien malin celui qui aurait pu séparer le bon grain de l'ivraie au milieu de tous ces chantages au suicide, de ces prétendues menaces d'expulsion, d'emprisonnement, d'enlèvement, que sais-je encore ? Bien sûr, il y avait dans toutes ces requêtes les appels au secours de chiens perdus sans collier, de traîne-misère solitaires, de crève-la-faim désocialisés... Bref, les cris de douleur d'une humanité en poussière. Mais parmi ces pauvres diables défilaient aussi une ribambelle d'escrocs en tous genres, qui ne se gênaient pas pour le plumer allégrement. Ce pauvre Laurent pouvait bloquer les nouveaux venus mais pas les anciens hélas, les « permanents », comme il les appelait. Combien de fois m'avait-il parlé du fameux Jean, qui appelait l'abbé trois fois par semaine, chaque fois au plus mal ? Tous les prétextes étaient bons pour émouvoir celui qu'il nommait son sauveur. Et le bougre ne manquait pas d'imagination. Un jour il était expulsé de son domicile, le lendemain il allait en prison, la semaine suivante il enterrait toute sa famille... De son côté, Henri croyait absolument tout ce que le type lui racontait. Il implorait Laurent de tout son cœur :

– Le pauvre homme, quelle souffrance ! Tu te rends compte ? Il faut faire quelque chose !

Et lorsque son secrétaire, qui avait vu clair dans le jeu du bonimenteur, préférait se taire plutôt que de le détromper, celui-ci ajoutait :

– Comment peut-on laisser des gens dans une situation pareille ?

L'autre n'avait aucun scrupule. Il avait déjà fait mourir sa mère tant de fois ! J'avais fini par connaître ses entourloupes grâce à Laurent, qui rongeait son frein mais n'en pouvait plus. Un jour, Jean avait appelé Henri. C'est Laurent qui avait décroché le téléphone.

– Écoute, ma mère est morte, je n'ai pas de quoi payer l'enterrement.

Henri avait payé, bien sûr. Dix jours plus tard, le secrétaire l'avait rappelé, inquiet, pour prendre de ses nouvelles.

– Comment as-tu pu t'arranger pour ta mère ?

– Ma mère ?

– Oui, ta mère... L'enterrement ?

– Ah ! Ma mère... Finalement elle n'est pas morte ; ça va mieux maintenant.

Parfois, l'animal faisait téléphoner sa fille.

– Papa est à bout, il va se pendre tout à l'heure, il faut l'aider !

Et Laurent entendait la voix du père chuchotant à sa fille :

– Dis-lui que j'ai déjà essayé de me pendre la semaine dernière.

Si Henri demeurait crédule, Laurent ne l'était plus depuis qu'il avait voulu vérifier ses soupçons. Il s'était rendu dans le hameau de l'Ariège où Jean vivait avec sa famille. Il avait sonné à la porte d'une maison délabrée. La femme qui lui avait ouvert sentait le vin, tout comme celle qui se tenait en retrait dans l'encoignure d'une porte. Jean était arrivé dans une chaise roulante, alors qu'il marchait parfaitement.

– Jean, comment vas-tu ?

Et l'autre de lui répondre, d'une voix pleurnicharde :

– Ça ne va pas ! J'ai bien des soucis… Et que veux-tu que je fasse avec mes jambes qui ne fonctionnent plus…

Il était même allé jusqu'à inonder sa cuisine avant l'arrivée de Laurent pour lui faire croire que l'eau rentrait chez lui. À côté de Jean, le père Thénardier faisait figure d'enfant de chœur ! Jusqu'au dernier jour, l'intrigant n'avait jamais lâché l'affaire. Le jour de l'enterrement d'Henri, il s'était rendu à Notre-Dame, où il voulait pénétrer. Derrière lui, sa fille lui soufflait :

– Tremble, papa, tremble, ça va les émouvoir…

Le plus beau de l'histoire, c'est qu'il avait fini par entrer !

Des affabulateurs de ce type, il y en avait beaucoup. Sans compter les fainéants de tout poil qui, en quête d'un logement ou d'un travail, ne faisaient pas la moitié de ce qu'il aurait fallu faire, croyant qu'il suffisait de passer par l'abbé pour obtenir ce qu'ils voulaient. Laurent veillait, mais il se sentait souvent impuissant. À tous ceux-là, il disait toujours la même chose :

– Écoute, l'abbé Pierre, c'est bien joli, mais aide-toi et il t'aidera. Il n'est pas tout-puissant !

– Mais enfin, pourquoi ne voulez-vous pas que je le rencontre ?

C'était un leitmotiv.

14.

La vague d'amour

Nous avons tous gardé en mémoire les termes avec lesquels il achevait ses lettres : « Toi et les tiens me restez présents dans l'offrande de chaque jour » ou encore : « Soyez certains que je vous reste uni dans l'effort de chaque jour pour être servant, offrant, adorant. » Ce n'étaient pas que des formules, mais des mots faits de chair et de sang. La foi d'Henri était incarnée. Elle portait un nom : « Et les autres ? » Cette question lancinante, qui résumait toute sa vie, pouvait être ainsi traduite : « Comprenez que le mode d'emploi de la vie, c'est d'aimer son prochain comme soi-même, c'est-à-dire le servir avant soi tant qu'il est moins heureux que soi. » Branché sur les drames d'autrui, l'abbé était connecté à une source de vie. Cette réalité nous échappe peut-être, mais c'est elle qui le rendait disponible à toutes les situations tragiques. Doté de cette force inouïe, il changeait la boue en or. Lui seul avait le pouvoir de faire d'êtres anéantis des « sauveurs » à leur tour.

« Tu aimeras ton prochain comme toi-même », « J'ai eu faim et tu m'as donné à manger »… À force d'adorer ces paroles de Jésus, « visage humain de l'Éternel qui est Amour », elles étaient passées dans son sang et ses cellules. Non que sa foi n'ait jamais été fissurée, elle qui n'était pas une « armure ». Les situations extrêmes qu'il vivait avec tous les cassés de la vie l'ébranlaient. Il se disait alors « croyant quand même » pour continuer à « être croyable ». Se trouvait-il devant une situation intenable, il s'arrêtait pour prier. Il prenait l'Évangile ou un livre dont il soulignait une ligne ou deux, puis il fermait les yeux et les méditait. Ce soutien entêté qu'il apportait aux autres, quels qu'ils fussent, et dont il ne démordait pas, faisait d'Henri un forcené du don de soi. Parmi ceux qui le suivaient, certains avaient renoncé à lui faire entendre raison.

D'autres essayaient de le convaincre avec douceur, comme Franco Bettoli, son frère de charité. Laurent et Jean-Marie étaient plus fermes, quand ils réussissaient à réprimer leur colère. Peine perdue, il s'en souciait peu et n'écoutait pas, se contentant de prendre sa mine d'enfant gourmandé surpris le doigt dans un pot de confiture. Et c'était tout ! Jean-Marie se souvient de ce jour terrible où il avait fallu trancher du sort d'un vieux compagnon de route, dont les prises de position menaçaient Emmaüs. Henri vivait encore à Charenton où l'on s'était réuni pour le sortir de l'ornière. Mais il ne voulait rien entendre. Après des heures de discussion, Laurent, à bout d'arguments, avait fini par se taire. Le confesseur, juste en face de lui, avait le regard planté dans le sien. On aurait dit le regard du Christ à l'agonie, au jardin des oliviers. On ne savait plus quoi faire. Alors très lentement, en contenant ses mots pour ne blesser personne, il avait murmuré :

– Mes amis, laissez-moi seul avec lui... Car au nom d'un « oui » que j'ai accordé voici bien des années à cet homme, je ne l'ABANDONNERAI PAS.

Il n'y avait plus rien à dire. Il était ainsi : jamais il ne laissait tomber personne, même les pires des salauds.

– Te rends-tu compte de la chance que l'on a de pouvoir aider les autres ? répétait-il inlassablement à Laurent.

Même si nous n'en étions pas toujours convaincus, il fallait bien se rendre à l'évidence. Henri était capable de prodiges, là où tout semblait désespéré. Sa foi était contagieuse. Il était proche de la fin quand, un matin, Serguei, un ancien militaire venu d'Ukraine, avait frappé à sa porte. L'homme s'était enrôlé dans la Légion, en taisant qu'il avait une femme et des enfants restés au pays. C'est Laurent qui lui avait ouvert. Devant lui se tenait un fort des halles à la boule rasée, qui semblait sortir tout droit de prison, doté d'un fort accent de l'Est.

– Je voudrais voir l'abbé Pierre.

– À quel sujet ?

– Je ne m'en sors pas. Ma femme et mes enfants crèvent de faim. Il faut m'aider.

Et Serguei de raconter son histoire : sa compagne l'avait appelé un jour au secours. Sans rien dire à personne, il avait fait son paquetage et quitté son régiment pour aller la rejoindre. Il s'était fait pincer à la frontière ; le pot aux roses découvert, il avait été chassé de la Légion. Arrivé en France, sans papiers et avec charge d'âmes, il subsistait tant bien que mal grâce à de petits boulots. C'est quand il avait vu le nom de l'abbé Pierre sur une porte, à côté du chantier où il travaillait à Alfortville, qu'il s'était décidé à le solliciter. Inutile de dépeindre la perplexité du secrétaire. Il en avait tant vu ! S'il consultait l'abbé, c'en était fini. Le légionnaire lui sauterait dessus comme la misère sur le bas clergé. Manque de chance, Henri avait tout entendu.

– Je suis bien fatigué, mais je ne peux pas vous laisser dans cet état. Laurent, occupe-t'en, et veille à ce que cet homme ne manque de rien.

Il avait fallu deux ans à Serguei pour obtenir des papiers, avec l'aide de Laurent. Mais quelle joie au bout du combat ! Depuis, Serguei a monté sa petite entreprise. Il a six empioyés sous ses ordres. Un vrai battant ! Jacques Delors disait d'Henri qu'il était « un chercheur d'or ». Comme il avait raison ! Il percevait en l'autre des choses que nous ne pouvions pas voir parce que nous n'avions pas le cœur ouvert comme le sien. C'était un spectacle inoubliable pour tous ses proches que de l'observer quand il écoutait les autres. Sa compassion vous convainquait qu'il était comme nourri en permanence de la présence de l'Esprit. Franco Bettoli avait raison : Henri était en permanence branché sur la source.

15.

Un secret de polichinelle

Combien de fois Georges Chevieux avait-il été témoin de scènes proches de l'hystérie, à la fin des conférences qu'Henri donnait à Genève ? De la foule amassée dans la salle surgissaient des femmes qui venaient s'accrocher à ses basques, réclamant les caresses du saint… Depuis toujours, elles étaient fascinées par Henri, si fort et si fragile à la fois. Elles estimaient devoir le protéger comme des mères, voire comme des épouses. Chez lui, l'instinct de survie faisait le reste.

La « révélation » faite par Henri dans son dernier livre *Mon Dieu… pourquoi ?* ne surprit pas à vrai dire ceux qui le connaissaient bien, pour lesquels il s'agissait d'un secret de polichinelle. En revanche, les médias et le grand public s'en saisirent comme d'un véritable scoop : Henri n'avait jamais avoué cette faiblesse aussi clairement. L'aveu, d'une extrême pudeur, avait été expédié en quatre lignes définitives, excluant tout rajout. Certains de ses proches comme Raymond Étienne, un vieux compagnon de trente ans à la tête alors de la Fondation Abbé-Pierre, furent soulagés par cet aveu :

– Nous le savions, mais c'était à lui de le dire !

Il régnait dans le mouvement un silence pesant sur le sujet que lui seul pouvait rompre, ce qu'il fit. Pourquoi ? Espérait-il comme Raymond que cette révélation couperait l'herbe sous le pied d'écrivaillons tentés de publier ses secrets d'alcôve après sa mort ? D'abord, Henri n'a jamais eu peur de rien ni de personne ; ensuite, la brièveté pudique de l'aveu de péché de chair risquait, au contraire, d'exciter l'imagination de tous ceux qui aiment s'aventurer sur les chemins fangeux des rumeurs. De fait, il n'avait aucune crainte à avoir. Les Français se moquent bien des incartades de leur idole, si insignifiantes au regard de son œuvre. Les secrets d'une prostituée suisse comme ceux de la « pécheresse » française, publiés post mortem, sont passés inaperçus[1].

La raison de cet aveu est à chercher ailleurs, je pense, dans la souffrance que lui causait l'idolâtrie de ses contemporains. Non, il n'était pas « parfait » et il tenait à le dire ! Henri avait préparé le terrain bien des fois, comme lors de cette confidence qu'il avait faite à Bernard Kouchner quelque vingt ans auparavant, répétée si souvent ensuite : « Les gens dans leur gentillesse m'attribuent une perfection qui n'est pas la mienne. À moins d'être un crétin, je sais bien que je ne suis pas à la hauteur de ces actes divins qui se sont réalisés à travers moi. Je connais mes péchés, mes défauts. Voilà pourquoi je me sens humilié : cela m'oblige à prendre conscience de ce que je devrais être et que je ne suis pas. » Qui sait lire entre les lignes devine l'aveu au bord des lèvres : eh bien, oui,

1. Sanda Slag, *Le Saint et la Pécheresse*, L'Archipel, 2008.

si vous voulez savoir, oui, j'ai commis le péché de chair et, au risque d'aggraver mon cas auprès de certains, je le considère comme véniel ; maintenant, si cela vous conduit à penser que je ne suis pas parfait, vous aurez raison.

À moi, il me répétait souvent :

– Vois-tu, j'ai vécu le plaisir mentalement, la joie du plaisir donné… Ces moments, rares, ont tenu une place considérable dans mon imaginaire.

Mais il m'expliquait qu'il n'avait jamais eu d'« histoire d'amour » au sens où le commun des mortels l'entend, c'est-à-dire de relation suivie. Seuls le comprenaient les pécheurs au cœur ouvert. Les impeccables, eux, le condamnaient sans appel, jusqu'à l'exiler s'il le fallait. La plupart étaient incapables de franchir le seuil de sa solitude, terreau de son drame intime. Même Lucie Coutaz, son double sur beaucoup de plans, ne pouvait pénétrer cette souffrance-là, elle la vieille fille à l'intransigeante morale. Il en riait souvent :

– Lucie ? Elle avait treize ans de plus que moi et on peut imaginer difficilement femme si peu tournée vers la séduction.

Il s'en trouvait heureux toutefois, car selon ses dires, s'il avait eu une ravissante secrétaire de 20 ans, c'eût été un véritable supplice pendant ces trente-neuf ans de vie partagée !

16.

Dieu est-il féminin ?

Il suffisait de vivre quelque temps avec Henri pour se rendre compte qu'il aimait tout le monde, et n'était réellement attaché à personne. En réalité, son grand amour, c'était Dieu. Il en avait poli la définition dans ses carnets de jeunesse, où palpitent des rêves d'amour transi. Dieu n'avait jamais cessé d'être présent en lui. Ce qui manquait alors au petit garçon, c'était la tendresse d'une mère. Il évoquait souvent son père, et ce qu'il nous en disait nous laissait penser que l'homme avait dû être un personnage exceptionnel, en même temps qu'un père aimant et pédagogue. Mais, de sa mère, il ne parlait jamais, sauf pour nous confier qu'il ne se rappelait pas avoir jamais reçu d'elle le moindre baiser. Il cherchait alors cette affection maternelle dans la grande beauté de Dieu, qui avait pour lui deux visages. Dieu créateur de toutes choses, Dieu tout-puissant n'était imaginable que sous des traits masculins. Mais Dieu amour, qui pour lui l'emportait sur tout, était forcément féminin.

Ce Dieu amour, c'était sa soif de tendresse jamais étanchée, comme en témoignent les phrases qui ont jalonné sa vie, inscrites au-dessus de son lit ou gravées sur sa tombe, ou le tableau de Rembrandt dont il avait une photo dans son livre de messe. On y voit le fils prodigue à genoux devant son père, qui pose ses deux mains sur le dos de l'enfant. Le peintre a eu soin de peindre une main d'homme et une main de femme. Ce Dieu amour, ce Dieu qu'il adore, qu'il respecte, auquel il a consacré sa vie au prix de sacrifices énormes, ce Dieu de tendresse a le visage d'une femme. La mort, tant désirée depuis la plus petite enfance, était pour Henri l'espérance de cette tendresse, l'espérance de la douceur, du corps, des bras, du sein de la mère. Mais il était un homme, et cette quête l'avait forcément conduit, de la manière la plus humaine qui soit, au désir sexuel, légitime pour tout un chacun, mais interdit au prêtre qu'il était. La douleur et les luttes souvent perdues imposaient à son entourage le respect et la compassion. Lui, coincé par l'image qui lui était constamment renvoyée, par l'adulation des admirateurs, par une presse qui aimait jouer avec l'auréole du saint, se sentait écrasé par le reflet de son miroir. Combien de fois Laurent l'a-t-il trouvé en pleurs dans sa chambre ? Dans ces moments-là, la solitude lui était insupportable. Alors il téléphonait à une amie, n'importe laquelle, et il parlait avec elle pendant des heures.

17.

La douleur d'être seul…

– Allez Lisette, parle-moi simplement, parle-moi comme si j'étais l'abbé Pierre…

Nous sommes à Genève peu de temps avant Noël ; dans cet hôtel, peuplé de guirlandes et de santons, même les employés ressemblent à des Pères Noël. Lisette et Laurent sont avec moi. Laurent, avec sa barbe, me fait l'effet d'un berger de Bethléem tandis que Lisette m'évoque irrésistiblement Marie-Madeleine. C'est une fort belle femme d'âge mûr, au rire franc. Elle se colle tout contre moi, me prend les mains et les caresse.

– Voilà, me dit-elle, comment je serais si tu étais l'abbé Pierre, mais tu n'es pas l'abbé Pierre.

– Je voudrais seulement que tu me parles de lui en toute liberté.

Elle l'avait rencontré lors d'une visite qu'il faisait à Genève, alors qu'elle travaillait comme bénévole dans un foyer pour personnes âgées. Henri avait été accueilli comme un saint. On l'interpellait de toutes parts, on se jetait à ses genoux, on lui embrassait les mains. Mais une fois les courbettes et les salamalecs passés, on avait laissé le grand homme seul. Lisette avait été très émue par la scène. Elle s'était alors proposée de le raccompagner à sa voiture.

– Comment t'appelles-tu ? lui avait-il demandé.

– Lisette.

Avant qu'il s'en aille, elle avait accepté de lui donner ses coordonnées. À peine était-elle arrivée à son bureau que son téléphone sonnait. C'était lui. Il voulait qu'elle le rejoigne après son travail, mais Lisette devait ce jour-là s'occuper d'un petit vieux très malade, auquel elle avait promis de venir dans la soirée. Elle n'était pas femme à trahir ses promesses, fût-ce pour l'abbé Pierre. Pourtant, elle n'avait pas dormi de la nuit. Elle songeait : « Je suis ignoble de n'avoir pas su dire oui à cet homme qui s'est consacré aux autres toute sa vie ! » Un mois s'était écoulé avant qu'Henri la rappelle de Paris. Il lui disait se sentir très seul. Elle se sentait coupable. Quand on a tout pour être heureuse, le plus beau sacrifice que l'on puisse faire n'est-il pas de donner de son temps ? Lisette s'était engagée alors à Emmaüs Genève. Pendant trois ans, elle était allée à Alfortville, où elle avait découvert le maître des lieux. Les premières fois, elle lui posait toujours la même question :

– Pourquoi n'êtes-vous pas joyeux ?

Il lui faisait toujours la même réponse :

– Pourquoi me dis-tu cela ? Je suis très joyeux.

Mais Lisette savait que ce n'était pas vrai. Elle priait souvent pour qu'il le devienne. Au fil des visites, Henri avait fini par lui confier le drame de sa vie.

– Je pleure souvent, tu sais, surtout le soir. Quand tu seras rentrée chez toi, permets-moi de te téléphoner, je me sentirai moins seul.

18.

Il s'autodétruisait par excès d'amour

– Crois-tu qu'il faille attendre d'être parfait pour faire des choses bien ?

Souvent il me répétait cette phrase, lui qui s'était consumé au service des pauvres jusqu'à « l'abîme ». C'est l'abbé Duvallet qui m'avait expliqué un jour ce qui se cachait derrière cette image. L'animateur de la communauté d'Emmaüs de Bougival connaissait Henri depuis des années.

– Pierre, il faut que tu saches que c'est à Lucie Coutaz qu'Henri doit la vie. Il aurait donné jusqu'à son lit pour sauver l'autre. Dès que Lucie avait le dos tourné, Henri s'autodétruisait à force d'excès d'amour.

Duvallet avait raison ! Un grand mystique peut bien décider d'aller mourir avec les humbles, parce que, doté d'une vie spirituelle inouïe, il ne peut être détruit, comme ce père polonais qui chantait des psaumes dans les camps de concentration nazis sans jamais désespérer ni haïr. Mais comment ne pas crever sans dormir de la nuit, sans écouter de la musique, ni rêver ou lire ? Henri, lui, ne se permettait ni un bon lit, ni un bon repas, ni un bon vin et, par-dessus le marché, il ne se pardonnait aucune de ses défaillances. Sa vie avait ressemblé à ces jouets que l'on voit sur les étals des camelots, qu'ils remontent avant de les lâcher. L'objet s'agite alors bruyamment, devant des badauds étonnés de le voir tressauter si longtemps. Durant les sept ans d'enfermement chez les capucins, avant guerre, à côté de « l'éblouissement de l'Adoration », la vie était si dure qu'il avait dû s'en évader pour ne pas perdre la raison. Vicaire au diocèse de Grenoble, il s'était engagé dans la Résistance. Il avait été l'un des fondateurs des maquis du Vercors, où il avait organisé l'évasion du frère du général de Gaulle. Repéré, il s'était enfui en Espagne, où il avait été capturé par les Allemands. Il s'était échappé, avait été repris, s'était échappé de nouveau ! Enfin, il était passé en Algérie, où il avait été fait prisonnier par les Américains, persuadés qu'il était un espion. Le général de Gaulle l'avait sorti d'affaire et lui avait confié une mission dans les colonies africaines.

À la fin de la guerre, Henri s'était présenté aux élections à Nancy. En Meurthe-et-Moselle, il avait été élu député MRP, un parti démocrate chrétien du centre. Il versait alors ses indemnités parlementaires à la première cité d'urgence qu'il venait de fonder. Nous n'étions qu'en 1949 ! Avaient suivi dix années de folie où il s'était engagé corps et âme dans la cause d'Emmaüs. Vivant à toute allure, constamment sur la brèche, aux prises avec des loustics, des durs à cuire, des repris de justice, des légionnaires alcooliques, jamais il n'avait renoncé à son combat acharné aux côtés des plus pauvres. Sa canne légendaire, dont il n'a jamais eu besoin pour marcher, en est le symbole. Lui, le pasteur de toutes ces brebis égarées, n'hésitait pas à s'en servir rudement, quand il fallait ramener certaines fortes têtes à la raison. Henri n'était pourtant pas doté d'une santé insolente, loin de là. En 1956, à bout de forces, il avait subi douze interventions chirurgicales. En 1959, son entourage avait craint qu'il ne sorte jamais de l'hôpital suisse où il était soigné pour une dépression nerveuse. Il n'avait que 46 ans ! Depuis, il était encore passé une trentaine de fois sur la table d'opération. Jusqu'à sa mort, il avait souffert d'ulcères à l'estomac terriblement douloureux. On ne peut expliquer une telle débâcle corporelle autrement que par cette tension intérieure, à la limite de la rupture, qu'impliquait sa disponibilité aux autres. Rien d'étonnant dès lors qu'il fonde si souvent en larmes et ressente jusqu'au tréfonds de lui-même une solitude infernale, tenaillé par un besoin obsessionnel de tendresse féminine.

19.

Le protéger des femmes

C'est la mort dans l'âme que ses plus proches collaborateurs le voyaient se débattre avec ce supplice. Il fallait l'aider, être à ses côtés, sans jamais l'étouffer de notre présence. Il fallait lui éviter les importunes, les inutiles tentations, et la tâche était rude.

Plus un homme est en vue, plus les admiratrices sont légion et la solitude douloureuse. Il fallait faire le tri entre les ingénues et celles qui l'approchaient par intérêt. Il fallait discerner celles qui avaient de bonnes raisons pour rencontrer le grand homme de celles qui venaient dans l'espoir d'épingler une tête de plus à leur tableau de chasse. Il fallait protéger Henri pour qu'il ne se retrouve pas encore une fois de plus face à lui-même et à ses faiblesses. Où était la limite dans tout cela ? Jusqu'où pouvait-on aller tout en respectant son intimité ? Pour Lucie Coutaz, le père Perotti, Hélène, Laurent, qui furent tour à tour ses plus proches, ce fut le travail le plus pénible qu'ils eurent à accomplir.

Il fallait être impitoyable avec les solliciteuses, indiscret avec les visiteuses, quelquefois brutal avec les admiratrices. Certaines, complètement innocentes, ne voyaient pas la détresse dans laquelle elles plongeaient Henri. D'autres étaient persuadées qu'elles lui apportaient le réconfort de leurs empressements sans se douter du mal qui le rongeait. Il y avait aussi les quasi nymphomanes qui projetaient sur lui, sous des jolis rubans rose bonbon, leurs propres besoins d'amour, et voyaient en lui le père qu'elles n'avaient jamais eu. Enfin, il y avait celles qui venaient quêter quelques services plus triviaux, comme celui d'obtenir un rendez-vous avec un député ou un ministre, pour financer des projets divers. Elles n'hésitaient pas, pour cela, à utiliser les armes les plus séduisantes. Laurent voyait arriver certaines femmes dans des tenues si outrancières qu'elles auraient vaincu les résistances de n'importe quel homme. Sans parler de leurs regards et de leurs mines qui en disaient long sur leurs intentions. Si les proches d'Henri les ressentaient comme telles, alors que devait-il en être pour lui, qui, plus que quiconque, était sensible aux sentiments et aux regards des autres ? Ses intimes connaissaient l'état dans lequel ils le retrouvaient la solitude revenue. Ils savaient sa souffrance. Mais comment en parler, sans être désobligeant ? Comment dire à toutes ces dames, souvent des inconnues, de reboutonner leur corsage, et les menacer d'assister à l'entretien si elles ne s'exécutaient pas ? Alors ils restaient là, chacun à leur manière, tentant d'éviter ces rencontres qui le minaient. À toutes il fallait cacher ces craintes. Autrement, elles se persuadaient qu'elles étaient les seules à comprendre l'abbé, et qu'à force de tendresse, elles parviendraient à l'aider et à le protéger. C'était une tâche bien délicate !

20.

Un sacré curé quand même

Si ses mots sonnaient juste lorsqu'il parlait du couple et des difficultés qui jalonnent la vie ou qu'il abordait les questions sensibles du divorce, de l'avortement ou de l'homosexualité, c'est qu'il y avait en lui une sagesse liée à la connaissance de celui qui a vécu, de celui qui a souffert dans le plus profond de son être.

Combien de prêtres mariés, d'épouses de curé, de couples au bord du divorce, de femmes à la veille de l'avortement, de jeunes perturbés par les questions de morale et de sexualité, d'homosexuels et de transsexuels, incompris et malheureux, a-t-il reçus ? Des milliers, sans jamais se dérober, sans jamais se formaliser, sans jamais juger. Il était à l'écoute de tous leurs maux, avec une grande humilité. À Laurent, il disait alors :

– Devant de tels problèmes, il n'y a pas de quoi faire le malin.

Le versant caché de sa vie, si pénible qu'il ait été pour lui, si harassant pour son état mental et physique, cette part de lui-même, inconnue du public et certainement mal connue de ses proches, en a fait un homme exceptionnel de bonté, et un prêtre hors du commun.

« Devant la contamination du sida, ne rajoute pas à la faute d'avoir vagabondé le crime de contaminer ton ou ta partenaire. Utilise un préservatif », « l'homosexualité n'est pas un crime, c'est un état de fait tout à fait naturel, qu'il faut accepter comme tel », « la contraception est un choix de couple qu'il faut respecter »... Ces phrases, et combien d'autres encore, venaient de ce que lui-même avait souffert des sacrifices qu'il avait faits. C'est de cette confrontation quotidienne au désir d'aimer ses frères et sœurs, au besoin viscéral et interdit de tendresse féminine, à l'attente impatiente de l'amour de Dieu que lui venait cette énergie incroyable dès qu'il s'agissait de la douleur des autres. Ses proches restaient alors sans voix.

21.

Les femmes, encore et toujours…

Bill Mc Comish, que l'abbé aimait beaucoup, m'a aidé malgré lui à entrer dans les arcanes du cœur d'Henri. Sa condition de pasteur l'avait autorisé à vivre avec sa femme Caroline au grand jour. D'ailleurs, l'Irlandais qu'il était ne dédaignait aucune passion, même pas celle du whisky. D'une sensibilité pénétrante, il avait entretenu avec lui une grande connivence. Je l'ai souvent rencontré à Genève, où il avait posé ses valises. Pendant les longues soirées que nous passions ensemble, il me racontait le peu qu'il savait d'Henri et des femmes, sans jamais être vulgaire, ni indélicat. Un soir que nous venions de dîner, je l'interrogeai à nouveau :

– Comment sais-tu ça ? Henri était si discret sur le sujet.

– Je n'ai jamais été son confesseur, bien sûr. Mais je devinais des choses.

– D'après ce que tu sentais, de quelle nature pouvait être son amour pour les femmes ?

– Un mélange fascinant d'admiration et d'innocence. Il adorait les avoir autour de lui. C'était émotionnel et physique à la fois.

L'abbé éprouvait aussi une curiosité très vive pour les épouses de religieux. Il passait des heures à parler avec Caroline Mc Comish. Des petits riens de la vie de tous les jours, mais aussi de sa vie de femme, aux côtés d'un homme qui avait choisi de servir Dieu. Un jour qu'il arrivait chez eux, elle l'avait accueilli chaleureusement :

– Puis-je vous faire la bise ? lui avait-elle demandé en s'approchant de lui.

– Je n'attendais que ça, lui avait répondu Henri, le regard espiègle.

Il était ainsi avec les femmes, un peu charmeur, toujours galant, tendre à la folie. Elles le subjuguaient et lui les attirait. Mais c'était toujours frais, solaire, joyeux. Rien de scabreux qui puisse être source de culpabilité, tout au contraire. Désirer ne lui paraissait pas condamnable ; la seule chose qui le tourmentait, c'était de faire souffrir l'autre. Cela l'aurait détruit. Ainsi Henri ne souhaitait-il pas de relations suivies tout simplement – et cela peut paraître paradoxal – parce qu'il était habité par le souci extrême de ne pas faire du mal à quiconque ; il savait exactement ce qu'il pouvait offrir et ce dont il était incapable. Il savait surtout que les rencontres d'amour étaient d'abord des rencontres d'ego et il détestait toute forme d'égoïsme ! Chez les Mc Comish, il venait en ambassade. Auprès d'eux, il cherchait à savoir comment vivre un sacerdoce en étant marié. Ainsi se forgeait-il une rhétorique qui lui permettrait de fourbir des arguments lorsqu'il s'agirait de plaider en faveur du mariage des prêtres.

22.

L'aveu de la chasteté violée

Il y a cinq ans, Frédéric Lenoir, excellent journaliste et grand spécialiste des religions, fut invité par l'abbé à échanger avec lui sur diverses questions qui le taraudaient. C'était une vieille habitude chez le père de choisir ainsi des partenaires pour débattre hardiment sans langue de bois. Cela pouvait durer des semaines voire des mois. C'est ce qu'il advint à Frédéric Lenoir qui, en l'espèce, n'en était pas à son coup d'essai. Frédéric avait collaboré avec talent à deux livres majeurs de l'abbé, *Mémoires d'un croyant* et *Fraternité.* Il connaissait Henri depuis plus de vingt ans. L'origine du vivant et le péché originel tenaillaient Henri depuis qu'il avait relu Teilhard de Chardin, un grand théologien de l'entre-deux-guerres. Peu à peu, au fil des discussions entre les deux hommes qui s'étalèrent sur plusieurs semaines, l'idée d'un livre naquit. L'âge, conjugué à la maladie, rendait Henri incapable d'écrire seul un livre sur des questions aussi délicates. Il avait toute confiance en Frédéric, qui de son côté, le respectait trop pour le trahir en quoi que ce soit. Par ailleurs, Frédéric était de taille à traduire sa pensée d'une manière ordonnée et susceptible d'être comprise par le plus grand nombre. Ce n'était pas chose aisée car, dès qu'il abordait des questions touchant la théologie, Henri souffrait de lacunes que le rythme fou de sa vie l'avait empêché de combler, en dépit des conseils que lui avaient successivement prodigués le cardinal de Lubac et monseigneur Doré, l'ancien archevêque de Strasbourg. Dans le passé, ce dernier s'était entretenu avec lui sur le péché, le pardon, la grâce et la miséricorde de Dieu ; sur la vie éternelle et l'Enfer ; enfin sur la Révélation… Mais ces séances trop rapides étaient-elles suffisantes au regard des années perdues ? Non, certainement pas, selon le point de vue de monseigneur Doré :

– Là où il était le meilleur, c'était sur la misère et la prière, la prière contre la misère.

Cette révélation ne m'avait pas surpris. Henri était incollable sur les sujets qu'il avait éprouvés dans sa chair, sur le terrain. Selon monseigneur Doré, il aurait mieux fait de parler du froid, qu'il connaissait bien, le froid qui s'installe dans le cœur des hommes qui n'aiment pas, ce froid extrême que Bernanos assimile à l'Enfer plutôt que d'imaginer l'Enfer comme une fournaise ! Elle était là, sa théologie, mais sa curiosité insatiable, son esprit d'indépendance, l'avaient mené sur des chemins qu'il ne maîtrisait pas toujours.

Pendant un an, Laurent avait souvent croisé Frédéric Lenoir, lors de séances de travail à Alfortville. Les deux hommes discutaient alors sur la passion que mettait le père à débattre de théologie, même si, de toute évidence, il en ressortait épuisé. Le livre achevé, Laurent en avait relu les épreuves. Bien qu'il ne soit pas versé dans les subtilités de la religion catholique, il ne lui avait pas fallu longtemps pour deviner que les prises de position d'Henri ne passeraient pas comme lettre à la poste. Frédéric, le premier, en avait averti l'abbé. Mais celui-ci avait insisté pour maintenir ses propos, après les avoir maintes fois relus, corrigés, peaufinés jusqu'au manuscrit définitif. Laurent avait alors appelé Jean-Marie Viennet pour l'informer de la tempête qui se préparait. Mais le confesseur d'Henri ne pouvait rien dire avant d'avoir lu le texte. Qu'à cela ne tienne, il lui en ferait parvenir une copie. Deux jours plus tard, c'est un Jean-Marie fou de rage qui le rappelait :

– Mais qu'est-ce qu'il lui a pris d'écrire un tel tissu d'âneries ?

– Tu es mieux placé que moi pour le savoir, non ? Vous passiez tous les deux des heures à parler.

– Discuter est une chose, écrire un bouquin en est une autre...

Pour Jean-Marie, Henri avait commis une maladresse en évoquant le mariage des religieux, même s'il n'avait pas remis en cause son engagement personnel dans le célibat. Et puis l'histoire d'amour possible entre Jésus et Marie Madeleine, ça non, il n'en savait rien et le prêtre ne voyait pas sur quoi il se fondait pour écrire des âneries pareilles... Certes Jésus, à la différence des rabbins de son temps, était proche des enfants, des lépreux et des femmes mais, soyons-en sûrs, s'il avait entretenu une relation particulière avec l'une d'entre elles, on l'aurait su ! Il avait assez d'ennemis pour ça ! Non, là, vraiment, le père dérapait... Mais le cœur de l'affaire n'était pas tant là : il se trouvait tout entier dans l'aveu qu'il avait fait à Frédéric de la violation de son vœu de chasteté. Était-ce nécessaire ? Et si oui, fallait-il le clamer dans un livre, à la face du monde ? Personne, parmi ses très proches, ne se serait autorisé à dire quoi que ce soit sur la question, quoi qu'il en sût. Toutefois, ceux qui le connaissaient bien savaient qu'il était impossible de le faire changer d'avis une fois qu'il avait pris une décision. Il avait décidé en son âme et conscience de faire cet aveu. Rien ni personne n'aurait pu l'en empêcher.

Henri avait fait son mea-culpa en deux lignes pudiques qui disaient tout sans rien dévoiler ; sœur Emmanuelle avait confessé « post mortem » le combat qu'elle avait mené toute sa vie contre une chair impérieuse impossible à mater. Un type de révélation que l'Église officielle pardonne rarement. Passe encore que mère Teresa confie dans ses lettres les « nuits » de sa foi, mais le sexe, non, jamais ; cela annihile les « vertus héroïques » requises pour être sanctifié, aurait-on sauvé l'humanité tout entière... Hypocrisie, quand tu nous tiens ! Henri, qui se souciait peu d'être canonisé, aurait seulement aimé qu'une fois cet aveu accompli, on s'en tienne là et qu'on le laisse en paix. Quelle naïveté !

23.

« Tu me protégeras, hein ? »

Toutes affaires cessantes, Jean-Marie avait donc quitté sa paroisse de Montbéliard pour venir raisonner Henri. À Alfortville, dans la chambre-bureau, il ne décolérait pas.

– Mon père, cela ne m'aurait absolument pas gêné que vous parliez de ça, mais dans un tout autre contexte.

L'autre, tête baissée, ne trouvait rien à répondre. Il n'avait rien à justifier. Non par suffisance, bien au contraire. De son point de vue, il n'avait pas trahi la morale qui avait été la sienne. Sa modestie lui interdisait de se mettre en scène.

– Enfin, mon père, que faites-vous du combat insensé que vous avez mené et qui vous amenait à vous battre avec votre propre chair pour survivre ! Là était le vrai débat, le véritable aveu !

Au téléphone, le confesseur ne me tenait pas un autre discours :

– Tu te rends compte, Pierre ? Pas un seul mot sur le service des plus pauvres qui éclairerait sa révélation. Quel dommage ! C'eût été un tout autre livre, un livre formidable !

C'était là une réaction à laquelle, je dois l'avouer, les clercs m'avaient toujours habitué : l'abbé Pierre avait le droit et même le devoir de parler des pauvres, ce que d'ailleurs il avait fait dans ses livres toute sa vie. En revanche, les gens d'Église, et même les meilleurs d'entre eux, n'aimaient guère que le père se hasarde sur des questions délicates comme la sexualité, le célibat des prêtres, la question de la chasteté, l'homosexualité et la place des femmes dans l'Église... Mais l'abbé Pierre en avait décidé autrement. Il n'en démordait pas.

Ses plaidoiries ingénues agaçaient aussi Laurent Desmard, qui finissait toujours par s'emporter :

– Mais enfin, mon père, vous n'allez pas écrire cela ?

– Et pourquoi pas ? C'est le péché que tout le monde commet, non ? Tu verras, ça n'aura aucune importance.

Le refus du secrétaire d'Henri n'était pas celui d'un clerc. Il avait peur, tout simplement. Peur des retombées, peur pour celui qu'il aimait. Très satisfait du visionnage qu'il avait fait de l'entretien accordé à Marc-Olivier Fogiel, Henri avait voulu le faire partager à Laurent et à Frédéric pour les rassurer. Ils s'étaient retrouvés tous les trois au siège d'Emmaüs pour juger sur pièces, car si des modifications devaient être effectuées, il faudrait les faire au plus vite. De fait, il fallait bien le reconnaître, Henri apparaissait en bonne forme. Les questions fusaient, mais il s'en était très bien sorti. Frédéric et Laurent étaient d'avis qu'il n'y avait rien à couper. L'intéressé avait tout de même souhaité avoir les avis des membres du comité exécutif d'Emmaüs International, qui se réunissaient ce jour-là dans une salle adjacente. On allait pouvoir mesurer l'impact de ses révélations sur des personnes acquises à sa cause. La projection était à peine terminée que les esprits commençaient déjà à s'échauffer. L'aveu d'Henri ainsi que ses positions sur l'homosexualité, sur le sacerdoce des femmes et des hommes mariés allaient susciter un débat acharné. Durant la demi-heure d'entretien, on n'avait parlé que de cela, tout le reste était passé à la trappe. Les uns étaient consternés, les autres ravis, si bien que les échanges, de vifs étaient devenus acerbes. Henri, de son côté, ne disait rien mais les observait, tour à tour médusé, goguenard, inquiet, bientôt las de tous ces bavardages. Mais une fois seul avec Laurent, il s'était tourné vers lui, l'avant-bras devant le visage, comme un enfant qui voudrait éviter une gifle :

– Tu me protégeras, hein ? Promets-moi, tu me protégeras ?

– Je ferai de mon mieux, père.

Les alarmes des proches n'étaient pas infondées. La parution de *Mon Dieu... pourquoi ?*[1] déclencha un tsunami. Une avalanche de lettres déferla dans sa boîte aux lettres : des missives de toutes sortes. Parmi les critiques, trois courriers sur quatre provenaient d'évêques et de prêtres. « Mais enfin, mon père, lui écrivait-on, vous aviez la confession, c'est-à-dire l'aveu de vos fautes dans le secret devant le Christ seul. Comment pouvez-vous en ces temps où l'Église est si souvent attaquée, calomniée, insultée, vous livrer à des aveux publics qui n'auront qu'un effet : traîner un peu plus dans la boue le refuge de la sagesse divine ? » Fallait-il

1. Éditions Plon, 2005.

être naïf pour imaginer qu'il ne s'était jamais confessé de ses faux pas, et plutôt deux fois qu'une ?

Il n'empêche qu'il fallait avoir le cœur bien accroché, et la foi chevillée au corps, pour supporter la lecture de certaines attaques. L'abbé Pierre « faisait honte à la religion catholique », il était « une horreur spirituelle », « un Judas », « un prêtre pervers », « un antipape » comme monseigneur Gaillot quand il n'était pas tout bonnement « un gâteux » manipulé par les médias, qu'il aurait fallu « jeter au fond de l'eau avec une pierre autour du cou ». Face à ce déluge d'horreurs, ses partisans faisaient rempart. Ils l'assuraient de leur attachement indéfectible et saluaient son courage. Non, il n'avait pas sombré dans le voyeurisme en révélant ce que chacun savait mais faisait mine d'ignorer. La tentation de la chair était le secret le mieux gardé de l'Église, et lui, cette « figure intouchable », avait osé rompre le silence. Non, il n'était pas sénile, il avait au contraire « visé juste ». Cependant, les zélateurs d'Henri étaient pour la plupart des laïcs écœurés par l'hypocrisie des clercs, qui en profitaient pour régler leurs comptes avec l'Église. La chaleur de leurs plaidoiries ne compensait pas la froideur des réquisitoires. Cette petite guerre de religion le laissa sur le flanc. Durant sa vie, il avait traversé bien des tempêtes qui avaient durement éprouvé sa résistance nerveuse. Affronter la corne du taureau exige d'être armé contre les chocs. À chacune de ses « sorties », Henri posait la même question à Jean-Marie :

– Crois-tu que je devrais en parler ?

Chaque fois, le confesseur, en fin psychologue, lui répondait :

– Père, pourrez-vous assumer ?

C'était effectivement la seule question à se poser. Laurent, qui s'était ouvert de ses craintes à Frédéric, l'avait bien compris :

– Tu verras, à 94 ans, il ne s'en remettra pas !

C'était aussi l'angoisse de Frédéric. Celui-ci connaissait mieux que quiconque la détermination du père sur tout ce qui était dit dans ce livre, jusqu'à sa révélation sur son péché de chair. Cependant, le journaliste pensait, comme beaucoup au sein même du mouvement Emmaüs, qu'il valait mieux que tout cela soit dit du vivant de l'abbé. Ainsi, ce dernier coupait l'herbe sous le pied aux exégètes de tout calibre et aux témoins plus ou moins honnêtes qui ne manqueraient pas de s'exprimer après sa mort. L'autre camp, dont faisait partie Jean-Marie Viennet, soutenait le contraire : il fallait à tout prix empêcher Henri de s'exprimer sur ces questions, périlleuses pour lui et épineuses pour l'Église. Les deux camps se rejoignaient néanmoins sur un point : à son âge, le grand-père n'avait plus les épaules pour supporter pareille tornade. Mais qu'y faire ? Il avait décidé de parler ! Le livre publié, le scandale se propagea. Henri peaufina une lettre aux évêques pour affûter ses arguments, que l'on pourrait, grosso modo, résumer ainsi : en continuant à imposer le célibat aux prêtres, l'Église commet une grave erreur. Pour étayer son raisonnement, il s'appuyait sur l'Évangile des apôtres. Chez Matthieu, chez Marc comme chez Luc, ne lisait-on pas que « la belle-mère de Pierre, au lit, avait la fièvre » ? Cela ne signifiait-il pas que Pierre était marié ? Il était intimement persuadé, en toute naïveté, qu'il pourrait, avant de mourir, initier un débat sur le sujet et, qui sait, ébranler peut-être les « réactionnaires » du Vatican. Espoir vain, évidemment.

24.

Le procès

Après un article incendiaire paru dans *Le Monde* qui présentait l'abbé comme un gâteux vampirisé par un Frédéric Lenoir adulateur du veau d'or, auquel le journaliste avait répondu vertement avec la bénédiction de l'intéressé, monseigneur Hippolyte Simon, archevêque de Clermont-Ferrand, avait accepté l'invitation d'Henri. Il était à peine arrivé à Alfortville qu'il prenait Laurent à partie :

– Il ne faut pas que l'abbé Pierre publie sa lettre aux évêques. On va le prendre pour un fou.

Sur le seuil de la porte, le secrétaire avait tenté, tant bien que mal, de calmer le nouveau venu. Mais c'était peine perdue.

– Le mariage des prêtres, on verra ça dans quinze ans ! Pour l'instant, il est en train de saper tout le travail que nous faisons avec les diacres !

Monseigneur Simon avait au moins le courage de ses opinions, jusqu'à s'être déplacé pour en parler avec l'intéressé. Le cardinal Philippe Barbarin, qui avait eu l'extrême délicatesse de ne pas s'ériger en juge par voie de presse, avait fait de même, tout primat des Gaules qu'il fût. Il avait dialogué avec Henri en toute fraternité, ce qui l'avait beaucoup touché. Le haut dignitaire de l'Église ne s'était d'ailleurs pas gêné pour tancer ses pairs :

– Monseigneur Simon me pardonnera, mais je trouve que l'on fait beaucoup de bruit pour rien ! La Bible ne nous dit-elle pas que le juste pèche sept fois par jour ? Si je compte bien : 94 ans multiplié par 365 jour multipliés par 7, cela ferait environ 20 000 péchés ! L'abbé Pierre en a confessé deux ! Qu'on lui fiche la paix !

D'autres en revanche, comme le cardinal Lustiger ou monseigneur Vingt-Trois, n'avaient pas fait montre de tant de charité chrétienne. Ils ne s'étaient pas privés pour tirer sur l'ambulance, reprochant au vieil homme, sénile à coup sûr, d'avoir fait « étalage de ses turpitudes ». Dieu sait pourtant si Henri l'aimait, l'Église... Elle était sa famille spirituelle. Ainsi avait-il été déchiré à la lecture des lettres d'évêques et de prêtres qui lui faisaient part de leur désapprobation. Cette Église, à laquelle sa famille de sang croyait, il l'avait aimée depuis sa plus tendre enfance. Adolescent, il avait choisi de la rejoindre. D'abord auprès des réguliers, par amour de saint François d'Assise, le Poverello, ensuite dans les rangs séculiers lorsqu'il avait été ordonné prêtre. Prêtre, il l'était toujours resté, dans les maquis du Vercors comme auprès des meurtris de la vie, dans le sillage d'Emmaüs ; prêtre, il le demeurait dans sa petite chambrette quand il célébrait sa messe quotidienne, seul ou assisté de deux ou trois personnes. Pour autant, l'amour filial qu'il éprouvait pour l'Église ne l'empêchait pas de parler librement de tous les sujets qui fâchaient. Souvent, à ceux qui lui demandaient d'où lui venait cette envie de « gueuler » contre ce qui n'allait pas, il répondait en évoquant, un sourire en coin, le conseil que lui avait prodigué à la veille de son ordination le père de Lubac, à l'orthodoxie suspecte :

– Demain, quand vous serez étendu sur les dalles de la chapelle, ne faites qu'une demande à l'Esprit saint. Demandez-lui qu'il vous accorde l'anticléricalisme des saints.

Cette très jolie formule ne soulignait-elle pas le besoin impérieux pour l'Église de bénéficier de la liberté de parole des héritiers des prophètes de l'Ancien Testament, qui dénonçaient jadis avec véhémence les dérapages des rois d'Israël ?

Henri avait-il réellement besoin de l'inspiration de l'Esprit saint pour dire le fond de sa pensée à l'institution, c'est-à-dire aux évêques, aux cardinaux et au pape ? Ce don d'insurrection, il l'avait dans le cœur et les gènes ; c'était sa marque de fabrique ; un don d'insolence qu'il avait nuancé un jour où il déjeunait avec Jacques Gaillot d'un sandwich, à l'abbaye du Bec-Hellouin :

– Comment expliquez-vous qu'à peine je dis un mot, je me fais taper sur les doigts. Alors que vous ! Ce n'est pas juste !

– Que voulez-vous ! D'abord moi, je ne suis pas évêque, et puis… j'ai l'insolence mesurée.

L'insolence mesurée ! Voilà qui pourrait faire sourire ceux qui ont à l'esprit ses innombrables « colères de l'amour ». Il y a cinquante déjà, il vitupérait les prélats américains. Ce n'était pas dans l'Eucharistie que Jésus avait froid, ce n'était pas en multipliant l'or, le marbre et les somptuosités autour de lui qu'on l'honorait, mais en le secourant dans les mains, les pieds des petits enfants qui, à travers le monde entier, mouraient de faim parce qu'on les abandonnait ! L'or des cathédrales, l'or du Vatican, objet de scandale ! Son insolence, Henri la clamait haut et fort. Il n'hésitait pas, lui l'avorton de Dieu, à « rentrer dans le chou » des puissants dans l'axe, au ras de la mêlée, comme diraient les amateurs de rugby. Chaque fois que je m'en étonnais, lors de nos tête-à-tête, il me répondait à l'identique :

– Je leur ai dit des choses qu'ils n'étaient pas habitués à entendre et dont j'aurais pu craindre qu'elles me fassent lapider ou pendre. Mais j'ai l'Évangile pour moi !

Gageons qu'Henri aurait protesté, crié de la même manière au temps de Giordano Bruno, de Bartolomé de Las Casas ou de Galilée, jugés et condamnés pour hérésie. Je partais alors dans un grand éclat de rire :

– Père, savez-vous que du temps de l'Inquisition, la seule façon de vous faire taire aurait été de vous envoyer au bûcher ?

– Le prophète, répondait-il alors, ce n'est pas quelqu'un qui prédit l'avenir, c'est la grande gueule. Se faire couper la tête, c'est l'accident normal de la profession !

25.

L'iconoclaste

Certes cela fait longtemps que l'Église ne pend plus les hérétiques, ni ne lapide, ni ne brûle ; aujourd'hui, on monte des dossiers, on ourdit des complots, on fabrique des cabales, et nul doute qu'Henri a dû accumuler les mauvaises notes au Vatican. Dame, est-ce agréable pour un pape de s'entendre dire que si saint Pierre sortait aujourd'hui de son tombeau et visitait le Vatican, il lui faudrait un petit moment pour se rendre compte que c'est là qu'il vivait avant le massacre des premiers chrétiens ? En voilà une gifle bien dosée ! Quelle parade pour les martyrs d'hier devenus les princes d'aujourd'hui ? Nos discussions à ce sujet étaient interminables.

– Les plus grands malheurs de l'Église viennent de l'ingéniosité avec laquelle les fidèles aisés s'emploient à assurer à leur clergé des conditions de vie suffisamment semblables aux leurs pour qu'ils soient sûrs que des pages entières de l'Évangile ne soient plus jamais lues !

– Vous vous êtes adressé ainsi au pape ?

– Je ne me suis pas gêné ! Vivement que le Saint-Père délivre les évêques de la mitre qu'ils ont sur la tête. Une fois, un de mes jeunes neveux l'a prise pour un bonnet d'âne.

Il leur en fallait de la charité chrétienne aux princes de l'Église pour ne pas rire jaune des saillies du prophète. En revanche, les insurgés de l'Église étaient ses frères et Henri les aimait. Sans discrimination. Les militants anonymes, au service de leur culte et de la pauvreté, comptaient autant pour lui que les célébrités, comme le père Pedro de Madagascar, comme Guy Gilbert, l'apôtre des voyous et des marginaux, ou encore comme l'incroyable père Ceyrac en Inde. Il admirait mère Teresa et sœur Emmanuelle, il entretenait une amitié fraternelle avec Helder Camara, l'archevêque de Recife au Brésil qui pestait contre « l'Église du confort » quand il y avait tant de pauvres dans son diocèse. De la même manière, il avait ouvert ses bras à Jacques Gaillot lorsque celui-ci n'avait plus été en odeur de sainteté parmi les évêques.

– Tu peux venir dormir à Esteville. Ici on te fichera la paix ! lui proposait-il chaque fois qu'il l'appelait.

Son amitié pour Gaillot ne s'était jamais démentie ; celui-ci d'ailleurs la lui rendait bien.

– Père Gaillot, lui dit un jour Hélène, l'abbé Pierre va mal. Il a été hospitalisé à Rouen et je suis sûre que ça lui ferait plaisir si vous y alliez. Il se sent très seul.

Toutes affaires cessantes, il se rendit au chevet du malade. À peine était-il entré dans la chambre qu'Henri s'écriait :

– Un évêque à mon chevet, voilà qui me fait plaisir !

Il ne faut pas voir dans cette boutade une quelconque ironie. Henri était vraiment reconnaissant, il me l'avait assuré.

Quant à Gaillot, que j'avais interrogé un jour sur sa condition d'« évêque-fantôme d'un évêché-fantôme », il m'avait fait cette confidence :

– Être une brebis galeuse dans l'Église ? Oh, moi, je le vis très bien, c'est providentiel ; et je ne remercierai jamais assez Rome de m'avoir libéré de tous ces carcans.

Grâce à cette excommunication de principe, Gaillot pouvait être vraiment parmi les autres, aux côtés des Iraniens qui résistent, des Cubains dissidents, des Palestiniens meurtris, des SDF qui meurent de froid et des familles expropriées. Pas loin des caméras de télévision aussi, il faut bien le dire ! En levant les bras au ciel, il avait ajouté :

– Merci, frères évêques, merci mon Dieu ! L'abbé Pierre serait blessé de ne plus être reçu par les cardinaux, moi je m'en moque.

Je crois que Jacques se trompait : ce n'étaient pas les bouderies des hiérarques de l'Église qui effrayaient Henri, mais plutôt la crainte qu'on ne l'entende plus. Il n'est rien de pire pour un prophète que la surdité de son auditoire. Même s'il en avait été blessé, passe encore qu'on stigmatise son péché de chair. Des trois vœux qu'il avait prononcés, celui de la chasteté lui paraissait le plus véniel. Que pesait-il au regard de celui de la pauvreté ? En revanche, il concevait un désespoir qu'on ne peut imaginer de n'avoir pas été entendu sur la question du célibat des prêtres. À la fin de sa vie, il était obsédé par le sujet. Les vocations diminuaient. Bientôt il n'y aurait plus assez de prêtres pour répondre par l'Eucharistie aux doutes et aux douleurs. Deux ans avant de mourir, il avait fait ce rêve étrange, que Laurent m'avait rapporté. Ils étaient tous deux à Florence, hébergés chez des religieuses. Un matin, au petit déjeuner, il avait fait asseoir son secrétaire à ses côtés. Il semblait bouleversé :

– J'ai fait un rêve cette nuit.

– Allons bon, et que disait-il ?

– Les gens étaient épouvantés. Il n'y avait plus de prêtres.

– Ce n'est pas un rêve, c'est un cauchemar !

– Non ! Le pape avait annoncé qu'il allait ordonner des hommes mariés. Ouf, ils étaient sauvés !

Ce rêve l'avait poursuivi longtemps. Il s'en était ouvert à monseigneur Simon.

– Dans ma « lettre aux évêques », je pourrais commencer par cette phrase : « J'ai fait un rêve. » Qu'en pensez-vous ?

– J'en pense que quelqu'un l'a déjà fait avant vous. Et puis quand on aborde le sujet de la crise des vocations, il faut savoir de quoi l'on parle…

Pour le cardinal Barbarin, qui s'entretenait souvent avec monseigneur Simon, il ne fallait pas tout confondre. La question de la chasteté n'avait rien à voir avec celle du mariage des prêtres. Un évêque célèbre du Liban ne mettait-il pas en garde les siens contre le mariage, bien que chez les maronites, rien ne l'interdise ?

– Le célibat est l'une des grâces de l'Église latine, poursuivait l'évêque maronite. Il sera toujours critiqué mais c'est un bien très précieux : c'est avec cela que vous étonnez le monde !

Barbarin avait raison : même Gandhi, qui n'était pas toujours tendre avec les chrétiens, en était bluffé ! Pour le cardinal, la vraie question à se poser était la suivante : y aura-t-il toujours des gens capables de se jeter dans le feu du combat pour les autres ? Sa réponse était sans appel.

– Quand j'étais à Madagascar, la porte de mon presbytère était toujours ouverte. J'étais là pour mes ouailles quoi qu'il arrive ! Elles sentaient que je vivais totalement pour elles.

Une des sœurs de Barbarin, qui était religieuse au Zaïre, disait la même chose. Quand ça commençait à chauffer, tout le monde s'en allait. Les petites sœurs, elles, restaient. Auraient-elles pu le faire avec des marmots accrochés à leurs jupons ? Ce don total aux autres, exigé par la lutte contre le mal, et dont l'abbé Pierre était un exemple extrême, nécessitait que l'on brûle à l'intérieur de soi-même. Et puis quand on aimait, on ne pouvait aimer à moitié. Il était là le sens profond des paroles du Christ, énoncées dans l'Eucharistie : « Prenez et mangez, ceci est mon corps, qui sera livré pour vous. »

Avenue de Breteuil à Paris, tout près de la maison mère des Petites Sœurs des pauvres. Les années ont passé, Henri n'est plus. Je suis attendu par monseigneur Hippolyte Simon au siège de la Conférence des évêques de France, un immeuble cossu et discret, qui n'a rien à voir avec les palais lambrissés que l'apôtre des sans-voix avait en horreur. L'archevêque de Clermont-Ferrand m'accueille tout sourire, le cheveu dru en brosse. Il n'a rien perdu de sa verve. Il a le verbe rude du fils de paysan qu'il est resté, malgré ses années de séminaire, son col romain et son élévation à la dignité épiscopale. Chez lui, qui n'a pas l'habileté des jésuites ni la douceur franciscaine, pas de phrases ampoulées ni de langue de bois. C'est sans détour qu'il revient sur le scandale provoqué malgré lui par Henri.

– Ç'avait été saignant, cette affaire-là. Je me souviens, j'étais en voiture quand j'ai entendu à la radio que le soir l'abbé Pierre allait faire des révélations chez Fogiel.

– Vous n'ignorez pas que le père a très mal vécu que les médias ne l'interrogent qu'au sujet de sa chasteté ?

– Dame, si on donne en public les dernières nouvelles de son zizi, faut-il s'étonner ensuite qu'on ne parle pas de l'amour de Dieu ? Et puis, en quoi cela expliquait-il le rayonnement de l'abbé Pierre ?

Monseigneur Simon n'en démord pas. Henri avait été bien naïf et, selon lui, il avait été abusé par des gens qui avaient profité de son grand âge pour faire de l'argent sur son dos.

– Quand vous visitez des maisons de retraite, les vieillards exhibitionnistes ne manquent pas. Pour autant, vous ne les prenez pas en photo. Vous faites comme pour Noé ivre, vous leur mettez une couverture !

Monseigneur Simon s'est-il laissé entraîner par sa faconde ? À moins qu'il ignore tout du caractère de l'abbé Pierre, aux antipodes du vieillard sénile que l'on pourrait manœuvrer ou abuser. Henri était parfaitement conscient de ce qu'il faisait. Sa volonté très claire de livrer ce qu'il avait sur le cœur correspondait avec ce qu'il a toujours été : un audacieux qui consent à aller jusqu'au bûcher pour répondre aux exigences de sa conscience. Monseigneur Simon s'est fait – peut-être à son corps défendant – l'avocat d'une Église qui ne souffre pas d'iconoclaste dans ses rangs !

L'Église compte toutefois parmi les siens des membres dont la quête de l'Évangile supporte la critique des prophètes, tout autant qu'elle l'appelle. Le cardinal de Lyon, Philippe Barbarin, est de cette race-là. Lui qui a prononcé l'éloge funèbre d'Henri, m'a assuré, à plusieurs reprises, n'avoir jamais tenu rigueur à un abbé Pierre ou à une sœur Emmanuelle de leurs apostrophes. Bien au contraire ! Les empêcheurs de tourner en rond sont, selon ses dires, le sel de l'Église. Il y a longtemps déjà il applaudissait des deux mains quand au bout du fil, la voix aiguë de sœur Emmanuelle le tirait de ses tâches :

– Qu'est-ce que tu fais dans le luxe de ton archevêché ?

– Il ne faut rien exagérer, sœur Emmanuelle, venez voir ma chambre, c'est nu, il n'y a rien !

– Mais regarde tous ces tableaux, ces dorures…

– Que voulez-vous que je fasse ? Que je les vende ?

– Bon, d'accord, ne vends rien ; mais es-tu au moins un bon évêque ?

Emmanuelle ne faisait pas autre chose qu'Henri quand il s'en prenait à monseigneur Lustiger :

– Mais enfin, vous ne pouvez pas élever vos séminaristes dans un pareil luxe ?

Le luxe des maisons épiscopales est évidemment tout relatif, mais pour eux, les prophètes, qui avaient choisi de vivre dans la pauvreté absolue, il était blasphématoire. Ils oubliaient alors que l'Église en laquelle ils croyaient avait une histoire, et que cette histoire lui avait construit des palais. Des palais dans lesquels il n'était pas non plus question de vivre avec femme et enfants. Henri était comme ce moujik pouilleux dont Philippe Barbarin m'avait raconté la jolie histoire. Le misérable grondait en permanence le tsar au nom des pauvres. Les boyards qui entouraient le monarque lui avaient conseillé de le jeter en prison, ce à quoi il avait rétorqué : « Hors de question, j'ai besoin de quelqu'un qui me dise la vérité ! »

On ne refait pas l'histoire. Mais puisque le fameux livre d'Henri posait des questions en appui de la révélation charnelle, étaient-elles au moins justifiées ? J'ai en tête le souvenir de la « controverse de Valladolid » qui tentait de résoudre l'équation suivante : un Indien sauvage est-il un homme ? Je me frotte les mains à l'idée d'une autre controverse, qui pourrait devenir tout aussi fameuse : faut-il ordonner des hommes mariés ? Faut-il ordonner des femmes, des prêtresses en quelque sorte comme jadis dans la lointaine Antiquité ?

26.

« Je suis le fils de l'abbé Pierre »

Fin février 2006. La polémique soulevée par la parution de *Mon Dieu... pourquoi ?* a laissé Henri sur le flanc. Il est hospitalisé d'urgence et nous sommes tous très inquiets. Il ne reconnaît plus ses proches qui se pressent à son chevet. Quand il retrouve un peu de lucidité, il leur tient des propos incohérents et semble avoir perdu toute notion du temps.

Un soir de mars, en fin de journée, Jean-Christophe se rend à Alfortville. Ce garçon est persuadé d'avoir un lien filial avec l'abbé Pierre. Il n'a plus de nouvelles d'Henri depuis trois semaines. La dernière fois qu'ils se sont vus, l'abbé lui a cédé l'intégralité de ses droits d'auteur pour ses carnets de jeunesse à paraître, aux éditions du Cherche-Midi. À son arrivée, rue Paul-Vaillant-Couturier, quelle n'est pas sa surprise de trouver porte close, ou plutôt code muet, car il a changé. Laurent, qui l'a aperçu entre les persiennes, vient lui ouvrir.

– Je veux voir Henri.

– C'est impossible. Le père est hospitalisé.

Jean-Christophe ne l'entend pas de cette oreille. Une fois encore on lui ment, c'est sûr. D'un geste du bras, il écarte le secrétaire et se fraye un passage jusque dans la chambre d'Henri. La porte est fermée. Il faut bien se rendre à l'évidence, Laurent dit vrai.

– Dis-moi où l'abbé a été admis. Il faut que je le voie, c'est urgent.

– Il n'en est pas question. Il a besoin de repos, et le moins que l'on puisse dire, c'est que tu n'es pas l'homme de la situation. Je le retrouve hagard à chacune de tes visites.

– Qu'en sais-tu au juste ? Tu ignores tout de ce qui se passe entre nous. Tu n'es qu'un pousse-caddy !

Les noms d'oiseaux volent mais Laurent tient bon. L'importun aussi, qui refuse obstinément de s'en aller. Les deux hommes en viennent alors aux mains et l'un, plus robuste que l'autre, doit le bousculer pour obtenir qu'il sorte. La rixe sonne comme une déclaration de guerre. Le dimanche suivant, coup de téléphone à Alfortville. C'est Jean-Christophe. Il ne parle pas, il éructe :

– Puisque c'est ainsi et que je ne peux plus voir le père, je brûle tous les manuscrits et je me flingue.

Laurent n'a pas eu le temps d'en placer une que déjà il a raccroché. Le secrétaire d'Henri le rappelle plusieurs fois, en vain. Et si l'insensé mettait sa menace à exécution ? Très inquiet, il joint Martin Hirsch, auquel il explique la situation. Les deux hommes sont d'accord : il est capable de passer à l'acte. Il faut avertir la police. Ce n'est qu'en lisant son livre *L'Abbé Père*, paru quelques mois plus tard, que nous apprendrons qu'il a reçu la visite des forces de l'ordre. Emmené manu militari à la préfecture de police de Paris, il a échappé de peu aux urgences psychiatriques, en révélant au commissaire principal son secret : il est le fils de l'abbé Pierre.

De son côté, Laurent n'avait pas chômé. Pour se prémunir de l'imposteur, il avait décidé, en accord avec la famille et le mouvement Emmaüs, de couper la ligne directe d'Henri. Dorénavant, il serait obligé de passer par Laurent s'il voulait joindre l'abbé. Restait à convaincre ce dernier, qui gardait la possibilité d'appeler qui il voulait à toute heure, de ne pas reprendre contact avec lui. Cette fois, Henri n'avait pas fait la forte tête. Ses quinze jours d'hospitalisation, qui l'avaient remis d'aplomb, lui avaient aussi permis de réfléchir. Celui qui n'abandonne jamais personne n'avait pas eu besoin des supplications de son secrétaire pour décider de ce qu'il avait à faire. Il ne le reverrait plus, c'était promis ! C'est dire s'il devait en avoir par-dessus la tête de tous les tourments engendrés par cette relation.

27.

Le mystère d'Anne-Marie

Jean-Christophe Ménétrier. Un ménestrel. Un funambule sur la corde raide des mots, un troubadour en eaux troubles. Autant de périphrases auxquelles lui-même pourrait recourir pour se définir, comme l'atteste l'écriture pleine de « lacaneries » de son livre, paru trois mois après la mort d'Henri. Laurent se souvient encore de la première fois qu'il l'a eu en ligne, en mai 2003. Il était d'abord tombé sur Hélène, qui l'avait renvoyé au secrétaire de l'abbé. Au milieu des bruits de vaisselle, une voix grave s'était fait entendre.

– Je suis Laurent. Qui êtes-vous ? Qu'attendez-vous de nous ?

– Dites-lui seulement que Jean-Christophe veut lui parler.

– Votre nom ?

– Mon prénom suffira.

– Je ne vous garantis rien.

Si Jean-Christophe se présentait d'emblée comme un intime d'Henri, c'est qu'il le connaissait déjà. Quant à son patronyme, qu'il ne dévoilait pas, ce n'était pas par simple affectation. C'était aussi parce que depuis la mort de sa mère, Anne-Marie, dans des circonstances troubles, il s'était mis en tête qu'Henri était son père. Il faut dire que c'est l'abbé Pierre en personne que Marie-Bénédicte, la sœur de Jean-Christophe, avait appelé à la rescousse, un beau jour de 1982. Ainsi Henri s'était-il chargé de toutes les formalités d'usage. Quelques jours plus tard, du crématorium qui surplombe un entrelacs d'allées arborées, les enfants d'Anne-Marie avaient vu une silhouette se détacher. Une tête coiffée d'un béret, de gros godillots et une canne. « C'est l'abbé Pierre », entendait-on les badauds murmurer, médusés devant une telle apparition. Marie-Bénédicte s'était portée au-devant de l'illustre visiteur et l'avait embrassé. Jean-Christophe, lui, était surpris. Que faisait-il là, seul ? Bien sûr, l'agenda qu'il avait récupéré lui avait appris que sa mère avait rendez-vous avec Henri trois semaines après sa mort. Mais surtout la famille Ménétrier avait été la première à s'installer à Neuilly-Plaisance, en 1952. Un jeune couple, avec deux enfants, François et Marie-Bénédicte. Le troisième était encore à naître. C'est à ce titre qu'Henri avait invité les enfants après la cérémonie à une collation à Charenton, assortie de la diffusion du film de Robert Darène, *Les Chiffonniers d'Emmaüs*. Vingt-huit ans avaient passé, et Jean-Christophe découvrait alors que s'il était bien né à l'Hôtel-Dieu, comme il le pensait, il avait été conçu dans le berceau d'Emmaüs. Il s'était mis martel en tête, convaincu qu'on lui cachait quelque chose, conviction renforcée par une révélation que lui aurait faite son beau-frère lors d'un déjeuner familial. Il était le fils de l'abbé, comme sa mère l'aurait hurlé au tribunal au moment de son divorce avec Jean, son père, alors qu'on refusait à la jeune femme la garde de l'enfant.

Nous sommes en 1964. Jean-Christophe n'a que 10 ans. Ses parents sont séparés depuis huit ans déjà. Très vite, il est trimballé de foyer en foyer. Douze au total. Son père est instable. Il change d'emploi et de domicile comme de chemise. Sa mère, partie vivre en Belgique, ne s'est jamais occupée de lui, à l'exception des neuf mois qu'ils ont passés ensemble à Bruxelles, en 1963. Responsable de produit dans la publicité, c'est une noctambule et une séductrice invétérée. Que peut comprendre un petit garçon de 9 ans à la vie de flambeuse que mène sa maman ? Devenu orphelin de mère, pour de bon cette fois-ci, Jean-Christophe fouille le passé d'Anne-Marie, harcèle tous ceux qui l'ont connue. Encouragé par l'une de ses conquêtes, il se décide alors à écrire son histoire, au titre évocateur, *Le Paquet.* Jean-Christophe n'a pas même achevé le manuscrit qu'il pense à l'abbé. Peut-être celui-ci pourrait-il l'aider à le publier ? Et puis surtout, il a quelque chose à lui demander.

Jean-Christophe n'a pas revu son père supposé depuis le jour de l'incinération de sa mère. Ce jour-là, en 1987, il lui demande audience. Trois jours plus tard, Henri le rappelle. Il est d'accord pour qu'il dépose un exemplaire de son manuscrit au père Jacques, son secrétaire, et lui promet de le lire. Pourtant, les semaines passent, et pas de nouvelles de l'abbé. Quant aux éditeurs auxquels l'homme envoie son travail, ils restent insensibles au prétendu génie de l'écrivain en herbe. Henri finit par lire *Le Paquet,* et l'invite à Esteville. Il n'est pas tendre avec lui. Ce qu'il écrit est illisible. L'histoire est belle, pourtant, mais que d'obscurités. En revanche, sur l'héroïne de l'histoire, pas un mot. Trois mois plus tard, Jean-Christophe n'y tient plus. Il doit en avoir le cœur net. L'abbé le convie à Charenton. Il est à peine arrivé qu'il commence son interrogatoire. Un interrogatoire serré, mené tambour battant, photographies et courriers de sa mère à l'appui. Mais Henri ne conserve que de vagues souvenirs de cette femme dont lui parle Jean-Christophe. Ce n'est que lorsqu'il évoque les rumeurs d'adultère qui ont couru à l'époque qu'il retrouve la mémoire. C'est vrai ! Certains même ont voulu lui faire porter le chapeau, ce qui lui a valu une convocation à l'évêché, en 1955, quelques mois avant qu'Anne-Marie ne plie bagage pour la Belgique. Son interlocuteur prend alors sa respiration. Il est extrêmement troublé.

– S'il te plaît, dis-moi.

– Que veux-tu savoir ?

– Es-tu mon père ?

– Non, Jean-Christophe, non.

Avec cette déclaration, l'affaire aurait pu être classée. C'est oublier qui est Henri. La souffrance des autres lui est insupportable. Il lui faut une âme à sauver. Cinq ans se sont écoulés quand le fils découvre des lettres de sa mère dont il ignorait l'existence. Entre les lignes, il croit trouver la confirmation des soupçons que la dénégation de son père putatif n'a pas réussi à lui ôter. Sous un prétexte fallacieux, il reprend contact avec lui. C'est Hélène qui décroche, avant de lui passer Laurent. À partir de ce jour, leurs entrevues vont devenir régulières. Jean-Christophe prend soin de venir à Alfortville quand il est certain de ne pas trouver Laurent. L'homme, au chômage, impressionne Henri. Son curriculum vitae atteste de beaucoup de sensibilité. Il a tenu pendant des années une galerie d'art, compose des chansons, et surtout s'est remis à l'écriture d'un nouveau livre, *Une fois pour toutes*, dont il lui fait lire le manuscrit. Mais rien de ce qui est écrit là ne sera rendu public. Jean-Christophe en veut pour preuve la clé qu'il remet quelques jours plus tard à Henri : celle du coffre où repose pour toujours sa confession. Ainsi scellent-ils tous deux un pacte ambigu. Jean-Christophe s'engage à taire sa supposée filiation à condition qu'Henri joue en retour le rôle du père qu'il n'est pas, sans rien dire. De son côté, Henri, heureux de voir Jean-Christophe revenir à de meilleurs sentiments, est persuadé que s'il se tait, c'est parce qu'il a admis ne pas être son fils.

Et les voilà tous les deux, dans une joie profonde, certains de s'être compris, recommencer leur relation, pleine de sous-entendus pour l'un et de compassion pour l'autre. Jean-Christophe soumet alors à Henri le projet d'un musée, qui serait dédié à la relation entretenue par le beau, l'art et la misère. L'abbé, séduit par le fait que l'autre aille de l'avant, s'engage à promouvoir son idée. Un tel engagement n'est-il pas pour un homme en quête de son identité une preuve supplémentaire ? Plus Henri cherche à le sauver, plus Jean-Christophe s'enfonce dans la certitude d'être son fils. Les roses rouges et blanches avec lesquelles il se rend régulièrement à Alfortville illustrent à merveille ce malentendu. Pour l'un, elles symbolisent leur sang mêlé. Des globules rouges et des globules blancs. L'autre, ravi du présent, n'y voit goutte. Comment sortir de cet engrenage ?

Laurent, n'y tenant plus, finit par interroger l'abbé, un jour qu'ils sont tous deux dans la cuisine d'Alfortville. Henri se récrie :

– Mais il n'en est pas question, jamais je n'ai eu la moindre relation avec sa mère !

Laurent, soulagé, profite d'une visite de Jean-Christophe pour lui répéter ce que l'abbé lui a confié. Il entre dans une colère terrible.

– De quoi te mêles-tu, le gratte-papier ?

Malgré le flot d'injures déversé, Laurent garde son calme. Fait si rare que même Henri, qui assiste muet à la scène, n'en revient pas. Son secrétaire finit par se tourner vers lui, et très clairement, espérant que cette confrontation inopinée clorait une fois pour toutes le débat, lui pose la question fatale :

– Êtes-vous, oui ou non, le père de cet homme ?

– Non ! Combien de fois devrai-je le dire ?

L'entrevue vire au drame. Jean-Christophe, en rage, sort en claquant la porte. Henri est dans tous ses états. Si Laurent ne doute pas de sa bonne foi, il faut à tout prix guérir ce garçon de ses chimères. Seule une analyse ADN le permettrait. Alors Laurent s'approche de l'abbé, encore tremblant.

– Fort de votre amitié avec le préfet de police, ne pourrait-on pas lui demander conseil ?

28.

La preuve par la salive

Quelques jours plus tard, Henri et Laurent sont reçus dans les appartements du préfet. Un cadre somptueux que Laurent observe en souriant : chaque pièce est plus grande que son appartement. Le préfet est là, qui les attend.

– Vous boirez bien quelque chose ?

Il est 16 heures. Laurent demande un jus d'orange, Henri un thé. C'est lui qui se charge d'expliquer le problème. Quelle est la législation en vigueur dans le cadre d'une recherche en paternité ? Le préfet, qui l'a écouté religieusement, semble parfaitement au fait de la démarche à suivre.

– Une analyse de ce type n'est juridiquement valable que si elle est faite dans le cadre d'une enquête diligentée par le procureur de la République.

– Comment faire alors ?

– Si vous le souhaitez, je peux mettre mes services à votre disposition pour une analyse qui permettrait de donner une indication de paternité ou de non-paternité.

– Pouvez-vous toutefois me garantir votre discrétion ?

– Bien entendu ! Même si les résultats ne pourraient être utilisés comme preuve devant un tribunal, du fait de leur caractère officieux.

Sur la route du retour, Henri ne parvient pas à cacher son trouble. Laurent le sent bien. Soudain, il lui dit :

– Te rends-tu compte de ce que je suis obligé de faire pour montrer que je n'ai rien à me reprocher !

– Père, il faut passer par là pour qu'il en soit fini de cette histoire.

C'est sans compter sur l'entêtement obsessionnel de Jean-Christophe. Le soir même, Henri l'appelle pour lui expliquer les démarches qu'il faut entreprendre. Des analyses de leurs salives alors que leurs liens sont de sang ? Il n'en est pas question. Pour cette fois, l'abbé sait trouver les mots pour le convaincre. Laurent rappelle le préfet, qui met l'abbé en contact avec la directrice du laboratoire. Un rendez-vous est pris. Elle viendra à Alfortville le 2 juin pour prélever les salives des intéressés.

Le jour dit, arrive à Alfortville une femme avenante et souriante. Jean-Christophe, Laurent et Hélène attendent Henri, qui est encore dans sa chambre. On est en effervescence. Le lendemain, l'abbé part pour le Canada. L'autre joue le fils inquiet.

– Est-ce bien raisonnable d'envoyer un vieillard à l'autre bout de la planète ?

– Mais il adore ça, répond Hélène. À l'aéroport, il échappe même aux contrôles. Dans un salon particulier, les hôtesses lui offrent des chips et du Schweppes.

Après avoir débarrassé la table de sa précieuse petite brocante de célébrant itinérant, Hélène s'éclipse. Enfin, Henri arrive et se retrouve face à face avec Jean-Christophe. Les présentations n'ont pas été faites. L'émissaire du préfet décline son identité : elle est infirmière de justice. Comme chez le préfet, Henri raconte rapidement la raison de son intervention. Elle sort de sa mallette noire d'épais cotons-tiges enveloppés sous cellophane dont elle brandit un exemplaire sous son nez :

– Excusez-moi mon père, je vous interromps. Si vous pouviez ouvrir la bouche, je n'en ai pas pour longtemps.

Puis vient le tour de Jean-Christophe, qui s'exécute de mauvaise grâce. Les étiquettes collées sur l'emballage, l'infirmière demande alors :

– Quels noms inscrire ?

– Mettons nos noms et nos prénoms. En ce qui me concerne, ce sera Henri Grouès.

Mais Laurent, pour plus de discrétion, préférerait qu'on s'en tienne à deux lettres : X et Y. La voix de Jean-Christophe s'élève alors :

– Et pourquoi pas nos initiales : J.C. et A.P. ? Ou plutôt A.P. avant J.C. ?

L'infirmière retient la proposition, avec l'accord de la curieuse assemblée.

– Très bien. Je vais donc faire parvenir les prélèvements au laboratoire. Les résultats seront envoyés à chacun de vous.

Laurent et Henri sont enchantés. Enfin, on va savoir. Jean-Christophe, lui, semble dubitatif. Une fois seul avec Laurent, il laisse exploser sa déception :

– À quoi rime cette farce ? C'est par le sang que l'on sait, pas par la salive !

– Mais enfin, l'ADN se trouve autant dans la salive que dans le sang !

Le secrétaire peut bien s'évertuer à le rassurer, c'est peine perdue. La sentence du 8 juin 2004 est sans appel, les résultats des analyses de salive sans équivoque possible. L'abbé Pierre n'est pas le père de Jean-Christophe. Mais rien n'y fait. Si le test est négatif, c'est que les résultats ont été falsifiés. À présent, plus rien ni personne ne peut l'arrêter.

29.

« L'abbé Père »

– Il faut que je te voie.

Le téléphone vient de sonner au *Pèlerin,* dans le bureau du directeur du journal, René Poujol. En cette fin d'hiver 2006, il fait encore froid. Mais la voix amie de Daniel Facérias, un intime d'Henri, réchauffe le journaliste. Rendez-vous est pris pour le lendemain, dans une brasserie proche du journal.

– Que se passe-t-il, Daniel ? Tu m'as l'air aux cent coups.

– Écoute, je n'avais pas pensé t'en parler, mais je suis très inquiet. J'étais il y a quelques mois à Alfortville, chez l'abbé, il fêtait son anniversaire.

– 93 ans, le bel âge !

– Ne ris pas, il m'a présenté un certain Jean-Christophe. Un type qui veut faire quelque chose sur Emmaüs et la beauté, doté d'après Henri d'une très belle voix. Il voulait même que je fasse un disque avec lui.

– Et alors ? Pourquoi pas ?

– Mais sa voix est quelconque. J'ai eu le malheur de m'en ouvrir à Henri. Il aurait fallu que tu voies la tête du type. Il est devenu méchant. « Je suis le fils de l'abbé Pierre », m'a-t-il dit, en sortant de sa poche une lettre autographe qu'il tenait pour une reconnaissance de paternité en bonne et due forme.

René Poujol n'est plus d'humeur à plaisanter. Daniel ne lui apprend rien, même s'il a feint un temps l'ignorance. Depuis quelques jours, cette affaire qu'il vient de découvrir le préoccupe. Les projets du fameux Jean-Christophe sont tombés à l'eau un par un. La fondation d'un « musée Emmaüs » s'est heurtée à l'hostilité du mouvement et de la famille Grouès. Aucun éditeur n'a retenu son manuscrit. Mû par la compassion, Henri a multiplié les gestes de bonté, interprétés chaque fois par l'intéressé comme autant d'aveux de sa paternité. Il lui a ouvert ses archives, confié ses carnets de jeunesse qui, accompagnés de photographies personnelles, sont en passe d'être publiés, cosignés par l'abbé Pierre et Jean-Christophe d'Escaut, un pseudonyme. Le battage médiatique soulevé par les révélations d'Henri dans *Mon Dieu... pourquoi ?* a ébranlé un peu plus encore Jean-Christophe. Henri a violé le vœu de chasteté ? En voilà un aveu ! Mais celui-ci est clamé à la face du monde. L'homme en quête d'un père se sent alors dépossédé de son secret. Il exige de la justice, flanqué de son avocat maître Collard, une contre-expertise génétique. Sa colère bouillonne. Il envoie à des dizaines de personnalités des courriels. Alerté par ces écrits intempestifs, René Poujol contacte Laurent. Le secrétaire d'Henri a la voix des mauvais jours.

– Si je suis au courant ? Plutôt deux fois qu'une ! Ton fameux Jean-Christophe nous pourrit la vie depuis quatre ans bientôt !

– Figure-toi qu'il assaille la moitié de Paris de mails

assassins. Il menace de faire paraître les bonnes feuilles de son livre.

– Oui, oui… Il m'a mis aussi au parfum.

– Après la récente cabale que le père vient d'essuyer, a-t-il encore la force d'assumer ça ?

– Certainement pas. Mais que faire ?

– Écoute, plutôt que d'être abruti de questions par vingt journalistes, je te propose un entretien exclusif pour que le père s'explique. Je te garantis de ne rien publier tant que l'affaire ne sera pas portée sur la place publique.

Ainsi, pour se prémunir de l'heure où la rumeur enflerait, René Poujol se rend à Alfortville afin qu'Henri lui livre sa version des faits. Nous sommes le 11 avril 2006. Les services secrets du Vatican ont déjà été informés par la Conférence des évêques de France de l'existence d'une affaire de paternité concernant l'abbé Pierre. Après avoir remis une lettre à Poujol, qui résume sa position, Henri répond à ses questions, d'une voix posée.

– Ne pensez-vous pas qu'une telle attitude, quelques mois seulement après vos confessions, pourrait jeter le trouble ?

– Certes. Mais je l'affirme et le réaffirme : jamais il ne m'est arrivé aucune union avec la mère de Jean-Christophe. Cette affirmation absolue de ma part, et admise par lui, serait la seule qui permettrait de le libérer.

Les mois passent. Le 8 janvier 2007, René Poujol reçoit, comme une centaine d'autres destinataires, un courriel signé Jean-Christophe Ménétrier. Il y fait part de son intention « de faire monter la pression » jusqu'à la date du 3 août, date à laquelle il mettra fin à ses jours. Il aura alors 53 ans et 104 jours, l'âge de sa mère au jour de sa mort. Trois jours plus tard, autre mail de l'intéressé, accompagné de son manuscrit en pièce jointe. Le 14 janvier, Henri est hospitalisé au Val-de-Grâce. La suite, on la connaît. Le livre de Jean-Christophe sort en librairie le 25 mai. La veille, *Le Pèlerin* a publié l'entretien qu'Henri avait accordé quelques mois auparavant à son rédacteur en chef.

– Pierre, ce qui me stupéfie, c'est que les mêmes personnes qui ont applaudi à *Mon Dieu… pourquoi ?* sont horrifiées à l'idée qu'il puisse avoir un fils ! Comme si ce n'était pas le risque d'avoir des relations sexuelles ! Une icône, ça baise à la limite, mais ça n'a pas d'enfant !

Devant moi, René ne décolère pas. De mon côté, je ne sais quoi penser. J'avais senti Henri si souvent malheureux de la souffrance de Jean-Christophe.

– Peut-on prendre l'abbé pour un menteur, lui qui a toujours tout risqué devant ce qu'il pensait être sa propre responsabilité ?

– J'ai du mal à l'imaginer. Mais une mémoire saine n'est-elle pas une mémoire qui oublie ?

S'il y a un secret, Henri l'a emporté dans sa tombe. Contrairement à la bure avec laquelle il souhaitait être enterré. Laurent l'a cherchée pendant des jours, en vain. Il était furax.

– Tu te rends compte, Pierre, ce garçon est tout de même incroyable : je ne sais pas comment il est entré en possession de la bure et d'une foule d'objets que le père gardait précieusement à Esteville.

Quelques mois avant sa mort, il était arrivé à décider l'abbé de l'accompagner à l'abbaye de Saint-Wandille. Il avait invoqué un rapprochement avec la religion. Henri, tout heureux de cette prétendue conversion, avait accepté, malgré les protestations de Laurent. Ils devaient rester deux jours au monastère et revenir. Ils n'y étaient restés qu'une journée. Mais de là, ils s'étaient rendus à Esteville, ce qui n'était pas prévu. C'est à partir de ce jour-là que de nombreux biens de l'abbé sont tombés dans l'escarcelle de Jean-Christophe, sans que Laurent sache ni comment ni pourquoi. À présent, ce qui choquait le plus Laurent, c'était l'idée de la vente. Jean-Christophe s'en était retourné d'Esteville riche des trésors d'Henri : livres, manuscrits, dossiers, reproductions, œuvres d'art, jusqu'à l'ostensoir que l'abbé avait fabriqué en fil de fer barbelé, pied de nez aux fastes de l'Église catholique. Il l'avait mis dans une boîte, à envoyer à sa mort, sur laquelle il avait inscrit ces mots : « À notre frère le pape. Pour les trésors du Vatican. »

En attendant, un an après sa mort, le tribunal de Paris, saisi en référé, venait d'ordonner la suspension de la vente aux enchères organisée par l'étude Tajan, au cours de laquelle cent un lots d'exception, ayant appartenu à Henri, devaient être vendus. Estimation de la vente ? 150 000 euros, au bas mot, à se partager entre l'étude et le vendeur !

30.

De refuge en refuge

– Regarde bien, Paris est là, devant nos yeux.

Henri me prenait alors par le bras et me conduisait à la fenêtre. Depuis le dixième étage de la HLM de Charenton, où j'allais le voir souvent, le spectacle qui s'offrait à nous n'avait rien de grandiose : l'entrelacs des voies ferrées de la gare de Bercy, ce n'est ni la tour Eiffel ni le Panthéon.

– Tu vois, souvent je m'arrête et je prie devant cette grande ville pour le monde entier, ajoutait-il.

C'est là qu'il avait élu domicile avec Mlle Coutaz, à la fin des années 1950. Une halte pour l'homme à la santé fragile qui avait parcouru au pas de charge trente-cinq pays en deux ans alors que son médecin l'avait exhorté au repos. C'est là aussi que Laurent était venu le trouver un jour, bouleversé par le livre de Boris Simon, sur lequel il était tombé par hasard. Il avait adressé sur-le-champ un courrier à Lucie Coutaz, qui avait accepté de le recevoir.

– Bonjour, madame, j'ai lu *Les Chiffonniers d'Emmaüs* et je veux rentrer dans une communauté.

Derrière l'aspect sévère de la secrétaire de l'abbé, Laurent avait-il deviné le dévouement de cette fidèle de la première heure ? Ou bien, fort de sa révélation, avait-il préparé les mots avec lesquels il l'avait cueillie, sur le pas de la porte ? Quoi qu'il en soit, Lucie avait filé dans la chambre du père, d'où elle était ressortie quelques instants après.

– On a vu avec l'abbé Pierre. Vous pouvez aller aux Bourdonnais.

C'était il y a trente-cinq ans. Depuis, Henri avait aménagé ses antres successifs comme autant de repaires lui permettant d'échapper au tourbillon de sa vie. Bien que son intérieur fût doté du strict nécessaire – un lit, une table-bureau et une bibliothèque – il revêtait à ses yeux une grande importance. Nous étions beaucoup à penser qu'il avait reproduit tout au long de sa vie la structure initiale de sa chambre d'enfant. Je me souviens encore avec émotion de cette cellule que les moines bénédictins de Saint-Wandrille avaient offerte à sa vieillesse, quand Henri avait eu besoin de se reposer loin de Charenton. Une oasis de verdure et de sérénité, perdue dans la campagne normande. À l'époque, l'abbé avait d'abord pensé à se retirer à l'abbaye d'Aiguebelle, là où il avait attendu d'être relevé de ses vœux de capucin avant d'être incardiné au diocèse de Grenoble. Puis il avait songé à la Trappe de Tamié, en Savoie, parce que deux de ses amis y séjournaient. Mais ses proches s'y étaient opposés.

– Vous ne pouvez pas vivre trop loin de Paris ! Il faut que les responsables des communautés internationales puissent venir vous rencontrer facilement.

Son choix s'était alors porté sur Saint-Wandrille, qu'il connaissait un peu pour y être allé rencontrer les moines à deux reprises. Quand il avait fait remarquer au père supérieur que sa venue risquait de troubler la vie communautaire, celui-ci s'était empressé de le rassurer :

– Merci d'avoir pensé à nous.

Ainsi Henri avait-il posé ses valises, à deux heures d'autoroute de Paris. Dans l'austère salle à manger où je l'attendais, les hautes fenêtres ouvertes sur l'écrin ombragé du parc me captivaient. Là, tout était propice à la méditation et à l'adoration : les offices des moines, les repas en silence, le bruit du vent dans les arbres alentour. Beaucoup n'ont pas compris le sens de cette retraite qui a duré huit ans. Un jour, Henri avait vu débarquer le maire du village venu lui demander la raison de cette « perte de temps ».

– Que vos administrés se rassurent, lui avait-il répondu avec un imperceptible sourire. Sans doute ignorent-ils combien ces monastères sont en réalité des centrales d'énergie divine.

Chez les moines comme à Charenton, le défilé était incessant : miséreux à aider, hommes politiques honorés d'être reçus, compagnons et amis en quête de conseils, étrangers de passage, de toutes les langues et de toutes les nations. Toutefois, la liberté dont Henri jouissait chez les bénédictins de Saint-Wandrille le rendait incontrôlable et pouvait se révéler dangereuse. Après un accident de voiture où il avait manqué de se rompre les os, ses amis lui interdirent le volant et crurent judicieux de le placer à Esteville où, pensaient-ils, on pourrait mieux veiller sur lui. Régnait alors sur la Halte d'Emmaüs un couple de catholiques traditionalistes qu'Henri respectait en dépit de certains désaccords. L'une des premières mesures de l'étrange duo avait été d'interdire l'accès de la maison à son secrétaire de l'époque, le père Jacques Perotti. Le fondateur de l'association David et Jonathan, qui défendait la cause des religieux homosexuels, accompagnait Henri fidèlement depuis la mort de Lucie Coutaz. Mais, aux yeux de ces bons catholiques d'Esteville, le père Jacques s'était rendu coupable du « crime » de militantisme homosexuel avéré, ce qu'ils ne pouvaient supporter. Pour la première fois peut-être durant sa longue vie, Henri céda. Perotti, qui chérissait l'abbé Pierre, conçut un chagrin sans nom de se voir ainsi chassé de la Halte. Il ne s'en remit jamais, à vrai dire. Il sombra dans l'alcool, se suicidant à petit feu, pour mourir dans la plus grande des solitudes. Les deux secrétaires suivants, des jeunes soldats d'une moralité irréprochable qui effectuaient leur service civil, furent choisis par le couple. Par bonheur, Jean-Marie Viennet rencontra lors de la fête de mariage d'un ami, Sébastien, un gamin de 20 ans qui terminait son service en Allemagne. Après une longue discussion, le confesseur d'Henri avait sauté sur l'occasion.

– Veux-tu être le secrétaire de l'abbé Pierre ? lui avait-il demandé.

– Pourquoi pas. Mais que faut-il faire ? avait répondu le jeune, un brin interloqué.

– File à Esteville, le père te racontera lui-même.

Ainsi Sébastien avait-il suivi Henri. Il avait élu domicile à Alfortville, avenue Vaillant-Couturier, au fond d'un rez-de-chaussée qui ressemblait à un hangar. Là, on lui avait aménagé un appartement en tous points semblable aux précédents, qui lui était devenu instantanément familier.

– Figurez-vous que je suis prêtre et que je n'oublie pas que je suis au service d'un patron charpentier.

Ainsi répondait-il à ceux qui s'étonnaient de son style. C'est lui qui avait construit de ses propres mains une bonne partie de son mobilier, défiant toutes les lois de la menuiserie. Avec une petite scie circulaire, il passait des heures à scier ses planches d'aggloméré : deux verticales pour servir de montants, point de tasseau, simplement deux rangées de clous de part et d'autre pour poser les étagères et… vogue la galère ! Laurent en plaisantait souvent :

– Si un jour les limiers du Vatican enquêtent sur les miracles de l'abbé Pierre, je n'aurai qu'à leur montrer les meubles du grand-père…

En arrivant dans l'antre d'Henri, vous aviez le sentiment de pénétrer dans un bazar ou dans un grenier, ce qui ne le dépaysait guère d'Emmaüs. Aucune esthétique ne présidait à la sélection des objets, autant de cailloux du Petit Poucet sur son chemin de vie. Ils trônaient pour la plupart sur sa table-autel-bureau et rappelaient bien des drames et bien des joies, en racontant, mieux que n'importe quel discours, son amour infini des plus pauvres. La « Vierge des pauvres » par exemple ! C'était une statue en vulgaire plâtre, sans valeur artistique, mais à la belle histoire : un prêtre dans un désarroi absolu était venu trouver Henri en quête de réconfort. Ils avaient prié ensemble, puis l'homme, requinqué, avait repris son chemin. Les années avaient passé quand, un beau jour, il était revenu, la statue à la main :

– Je vous l'offre, avait-il dit à Henri, car c'est elle qui m'a donné la force de venir jusqu'ici.

À côté de la Vierge des pauvres trônait une petite

pyramide composée de mains qui s'élevaient vers le ciel comme un fagot, cadeau du chancelier Kohl et des patrons allemands ; en la voyant, vous aviez la confirmation que l'on pouvait être très riche et avoir fort mauvais goût ! Henri vous racontait aussi avec émotion que le coffret sur son bureau, dans lequel il mettait ses hosties, lui avait été offert lors d'un voyage au Moyen-Orient par Maryam Radjavi, la présidente iranienne en exil.

– Après tout, disait-il, la messe, c'est pour tous. À travers le monde, les croyants n'ont-ils pas mille visages ?

Il fallait le voir aussi quand il ouvrait sa « valise-chapelle ». Un trésor de guerre. Alors, son regard s'éclairait.

– Tu vois, ce calice et ces objets de culte ? Eh bien, je les avais perdus et ils me sont revenus après soixante ans !

– Soixante ans ?

Il souriait alors d'un air coquin.

– En 1939, j'étais aumônier militaire dans le Vercors. Je tombe malade, une pneumonie, je crois, et on me rapatrie à Grenoble… Un jour, en 2000, je reçois ici à Alfortville un colis, je l'ouvre et je trouve cette mallette.

Pour toute explication, l'expéditeur avait joint un mot : « Ma famille depuis la guerre, avait cette valise-chapelle ; elle était au nom de l'abbé Grouès. Nous avons découvert qu'il s'agissait de l'abbé Pierre. Alors nous vous rendons votre bien. »

Malgré les apparences, Henri était plutôt ordonné, même s'il avait de l'ordre une notion qui lui était propre. Ses papiers étaient soigneusement rangés dans des boîtes car, d'après lui, on ne s'occupait pas des misérables dans le désordre. Le vieux lion n'aimait pas être vu dans son antre. Il travaillait dans l'éclairage d'une fenêtre, aux baies rendues opaques afin que personne ne puisse l'apercevoir depuis l'extérieur. Aussi Sébastien était-il dans ses petits souliers quand il avait frappé pour la première fois à sa porte. Il avait trouvé l'abbé dans sa bure de capucin, le nez penché sur son bureau envahi par des piles de dossiers et un plateau-repas, avec le restant du petit déjeuner. Il avait levé la tête vers le visiteur, souriant comme un enfant auquel l'on viendrait d'offrir le plus beau des cadeaux de Noël :

– Ça ne t'embête pas trop de m'aider un petit moment ?

– Non, mon père, c'est une joie.

– En es-tu sûr ? Cela ne risque pas d'entraver tes études ?

L'engagement du jeune homme était sincère. Il était si ému par celui qui s'occupait des autres avant de penser à lui-même. Il avait été embauché séance tenante.

Sébastien ne connaissait pas grand-chose de l'histoire du vieil homme. Il n'était pas écrasé par le personnage avec lequel il entretenait des relations simples et directes. Comme Gordana, qui avait succédé à Hélène auprès d'Henri pour lui préparer ses repas, l'aider à sa toilette, veiller à la prise de ses médicaments. Âgée d'une quarantaine d'années, cette solide Croate à l'accent prononcé avait été contactée par une association au service du grand âge. Au téléphone, elle n'en croyait pas ses oreilles.

– On vous a trouvé du travail chez une célébrité.

– Qui ça ?

– L'abbé Pierre.

– C'est magnifique ! Moi qui voulais le rencontrer depuis si longtemps. Est-ce que je le verrai tous les jours ?

– Mais oui, puisque vous vous occuperez de lui !

À partir de la fin 2005, Henri se levait et se recouchait plusieurs fois par jour. On avait dû espacer les visites qui le fatiguaient très vite. Il souffrait beaucoup d'être diminué, sa surdité s'était aggravée et il se mit à baver fréquemment. Gordana souffrait de le voir ainsi, elle qui tenait à ce qu'il reste digne. Mais, plus souple que Laurent, elle profitait que celui-ci ait le dos tourné pour introduire le visiteur suppliant. Un jour qu'elle s'activait, Henri lui dit, d'un ton affligé :

– Que se passera-t-il si un jour je ne peux plus dire la messe ?

31.

La messe selon Henri

L'homme était un amoureux des livres. Il y en avait toutefois un auquel il était particulièrement attaché : c'était son livre de messe. Avec son agenda – un calepin rempli de photos et d'annotations portées d'une écriture rendue illisible par la maladie – il l'emportait avec lui où qu'il aille. Le missel avait été posé sur les plus beaux autels de marbre, mais le plus souvent sur des autels improvisés, des toiles cirées de cuisine, sur l'herbe... Partout où il avait célébré la messe, c'est-à-dire aux quatre coins du monde, du temps où il était encore un homme aux semelles de vent.

– Regarde, m'avait-il dit un jour, au détour d'une conversation.

Dans ces moments-là, il était comme un enfant. Il abandonnait son masque de souffrant pour retrouver son regard d'adolescent. Cette métamorphose extraordinaire, dont j'ai été si souvent témoin, me bouleversait. Sur la première page était collée une image représentant saint François d'Assise avec son frère le loup, qu'il avait dessinée chez les capucins, et signée « Frère la Joie ». À côté du surnom qu'Henri s'était donné, un moine avait ajouté malicieusement : « ... dans les larmes », car il pleurait souvent en ce temps-là. En feuilletant le livre de messe, on tombait sur une icône représentant Jésus avec sa mère, puis, un peu plus loin encore, sur une photo de Lucie Coutaz dans son lit de mort. Sous le cliché de cette fameuse Lucie que je n'ai hélas pas connue, Henri avait écrit ces mots : « Lucie Coutaz 16 mai 1982. Si pendant sa vie l'on a mis sa main dans la main des pauvres, à l'heure de mourir l'on trouve la main de Dieu dans son autre main. » Face au « Confiteor » se trouvait une reproduction du retour de l'enfant prodigue peint par Rembrandt, et face au « Gloria » un portrait d'Helder Camara, l'archevêque de Recife, ce petit bout d'homme dont la parole vous remuait les tripes. Entre les dernières pages, Henri avait glissé deux images qu'il chérissait : une photo du ciel étoilé, prise dans le désert de Béni-Abbès au Sahara, symbole de l'univers entier, connu et inconnu, et la photo d'une statue de la Vierge prise par un désespéré et qui se trouvait grandeur nature dans le parc d'Esteville.

La messe quotidienne de 18 heures représentait le moment fort de la journée. Il n'y avait généralement pas plus de trois personnes – de toute façon, on ne pouvait guère être davantage – mais on avait le sentiment qu'il la célébrait pour le monde entier. Avant de commencer, il restait silencieux un long moment, la main posée sur l'image du Poverello. Puis sa voix s'élevait :

– Mon chemin de foi, mes chemins de foi, sont liés très fort à François d'Assise. Il a toujours eu une très grande place dans mes longues années de vie.

Le cardinal Barbarin, qui avait quelquefois célébré la messe avec lui, la trouvait « un peu limite, mais touchante ». Et pour cause : « l'insurgé de Dieu » aimait prendre ses aises avec la liturgie.

– Jean-Marie, disait-il à son confesseur, si l'on commençait aujourd'hui par le « Gloire à Dieu » ?

Il pouvait tout aussi bien débuter par « Je vous salue Marie » si vous le lui aviez demandé, agrémentant ses écarts de commentaires personnels.

– C'est vrai, je préfère dire le « Gloria » avant le « Confiteor ». Cela m'a toujours mis mal à l'aise de commencer par un mea-culpa.

Pour Henri, être invité à l'Eucharistie devait être un moment merveilleux. Il rajoutait alors :

– C'est une drôle d'idée d'arriver chez son hôte en se frappant la poitrine et en disant : « Je suis le dernier des derniers »… Arrivons plutôt en disant : « Merci ! »

Il s'effrayait parfois de ses fantaisies. Il se tournait alors vers Jean-Marie, qui l'accompagnait très souvent :

– On ne dévie pas trop, là ?

– Mais non, soyez tranquille.

– Tu es sûr de toi au moins ?

Ses doutes ne l'empêchaient pas d'habiller la cérémonie de singulières pratiques. Un soir, il s'était enquis auprès de Sébastien du nombre de participants.

– Cinq, mon père.

– Bien.

Sébastien avait pourtant constaté qu'il avait préparé six hosties. Au moment de la communion, ils n'étaient plus que quatre. Qu'à cela ne tienne ! Henri s'était servi deux hosties et, se tournant vers le petit Thomas, lui en avait fourré une dans la bouche. Le fils de Sébastien, qui n'avait pas 5 ans, l'avait regardé avec des yeux ronds.

– Et de six ! s'était-il alors écrié.

Il y a quelques années, il était venu en aide à Carmen, de manière tout aussi peu orthodoxe. Cette proche d'Emmaüs vivait avec un homme qu'elle aimait mais auquel elle n'était pas mariée. Les mères des deux tourtereaux, espagnoles catholiques, ne l'entendaient pas de cette oreille.

– Crois-tu que l'abbé Pierre pourrait bénir nos fiançailles, avait-elle un jour demandé à Laurent ? Ce serait déjà ça.

Aussitôt dit, aussitôt fait. Était arrivé le jour J. Laurent était allé chercher Henri.

– Père, les fiancés sont là. Les mamans aussi.

Mais l'abbé semblait contrarié.

– Figure-toi que j'ai vérifié… Eh bien, bénir des fiançailles, religieusement cela ne se fait pas !

– Nous voilà bien, avait soupiré Laurent. Qu'allons-nous faire de ces deux femmes qui nous viennent exprès du fin fond de l'Espagne ?

– Rassure-toi, j'ai bien réfléchi : je vais les marier. Ils recommenceront ensuite dans une église si ça leur chante !

Carmen et Manuel furent mariés ce jour-là dans la petite chambre d'Alfortville, qui valait toutes les chapelles du monde. En revanche, personne n'a su me dire ce qu'en avaient pensé les deux mères…

Ces facéties mises à part, Henri célébrait la messe de toute son âme. « Je suis avec vous tous les jours jusqu'à la fin du monde », « prenez et mangez, ceci est ma vie donnée pour vous ». À l'énoncé de ces mots, son émotion était visible. Il portait une simple étole autour du cou. Point d'aube ni de surplis qui font ressembler nos curés de cérémonie à des arbres de Noël. Tous les participants restaient assis autour de la table, se passant de génuflexions répétées. Ces moments étaient d'un dépouillement absolu. J'ai souvent songé alors que sa messe devait ressembler à celle des catacombes, du temps de l'Église primitive. J'ai éprouvé le même sentiment quand, assis dans l'herbe des gorges du Verdon, où il s'occupait de réinsérer des jeunes en difficulté, Guy Gilbert, le prêtre au look de loubard, m'avait fait communier avec un quignon de pain rassis et un coup de rouge… On évoque souvent le merveilleux chrétien de nos cathédrales. Pourtant, je vous assure que ces humbles cérémonies battent à plate couture les messes solennelles à Notre-Dame de Paris !

32.

Il aurait englouti une bibliothèque entière

– Voici le livre qu'Henri lisait quelques semaines avant sa mort.

Laurent me tend une biographie de Johnny Hallyday : çà et là, des passages entiers sont annotés, des mots sont soulignés à toutes les pages. Je n'en reviens pas !

– L'abbé s'intéressait à Johnny ?

– Il l'adorait ! Du reste, tout le passionnait.

C'était vrai ! Quels que soient les projets qu'on lui présentait, Henri s'y intéressait. Il vivait tout à fond et soutenait avec la même ardeur les pièces de théâtre d'Anne et Daniel Facerias, ses amis de longue date, que la rédaction d'une *Marseillaise* pacifique ou le tournage d'un film.

– Il fallait voir, poursuit Laurent, la tête des vendeuses quand nous arrivions à la librairie La Procure où le grand-père avait un compte.

Flanqué de Sébastien, il arrivait avec des listes à n'en plus finir. Pendant des années, le globe-trotter de la charité avait vécu sans lire les journaux, sans même ouvrir un seul livre. Son temps avait été dévoré par les appels au secours des humbles. À la fin de sa vie, il aurait englouti une bibliothèque entière. Il se ruait avec fébrilité sur la table des matières de tout ouvrage où il espérait trouver un écho à ses préoccupations. S'il avait relu de fond en comble Teilhard de Chardin, sa curiosité ne se limitait pas à l'histoire sainte ou à la théologie. Il dévorait avec gloutonnerie les vies de Napoléon, de Karl Marx, de Robespierre, de Napoléon III, de Blaise Pascal, de Lénine, de Mao et de dizaines d'autres encore… Tous ces livres étaient griffonnés, pleins de notes attachées aux pages avec des trombones. Quand un livre lui plaisait, comme le *Judas* de Jacques Duquesne ou le *Saint Paul* d'Alain Decaux, il était capable de le faire acheter par dizaines afin de l'offrir. Il ne lisait pas de romans, car il craignait que cela fût considéré comme une distraction et l'idée même de se distraire le répugnait : tout devait être utile quand on s'appelait l'abbé Pierre.

Bien sûr, à la fin de sa vie, il ne pouvait plus se concentrer avec la même acuité. Lui qui avait faim d'apprendre souffrait alors de ne pas achever un livre qu'auparavant il aurait dévoré en deux jours. Il se consolait en lisant tous les jours *La Croix*, de la première à la dernière page, un stylo à la main. Il soulignait phrases et mots de plusieurs traits, sans que l'on sache s'ils étaient rageurs ou approbateurs. Quand il prenait le train ou l'avion, il lui fallait toujours une montagne de journaux car il suivait avidement toute la vie de son époque. Tombait-il sur un article le concernant, il le lisait à la syllabe près. Il veillait personnellement à ce qu'on n'écrive pas de bêtises sur son compte. De la même manière qu'il n'aimait pas les romans, il n'aimait pas davantage les fictions à la télévision ou au cinéma. Lors de ses voyages en avion, si Laurent mettait un film, il se récriait :

– Mais enfin, c'est idiot, à quoi bon ?

En revanche, les documentaires, les débats et les informations le passionnaient. Il lui arrivait même de s'intéresser au sport, malgré le peu de goût qu'il en avait. Ainsi questionnait-il souvent Sébastien :

– Dis-moi, toi qui pratiques la course, donne-moi le sens exact de tous ces termes que tu emploies : le footing lent, l'endurance, l'entraînement fractionné… Explique-moi, je veux tout savoir.

Et le jeune homme se faisait le professeur d'un élève passionné de 85 ans.

– Il racontait fièrement à tous ceux qu'il croisait que j'étais marathonien. J'ai dû boucler le marathon de New York en 2 heures 56 minutes pour lui faire plaisir !

Henri était si avide de tout qu'on oubliait ses manques. Ainsi Gordana s'était-elle étonnée un jour qu'il n'écoute pas de musique.

– Pour quoi faire ? lui avait demandé Henri. Tu sais bien que je suis sourd comme un pot.

C'était faux. Seulement, il n'entendait que ce qu'il voulait entendre, notamment si vous l'interrogiez au sujet de sa passion pour la photographie. Là, il était intarissable. De tout temps, la photo avait été son passe-temps favori et son vieil appareil son jouet de prédilection. Un des plus beaux spectacles qu'il était donné de voir quand on l'accompagnait en voyage, c'était bien l'abbé Pierre s'abîmant dans la contemplation d'un objet ou d'un paysage à photographier. Sa joie était alors indicible.

– Quand il prenait les étoiles, se souvient la photographe Micheline Pelletier qui l'avait accompagné dans le Hoggar, son esthétique traduisait son rapport à Dieu et à la prière… J'avais l'impression d'être à l'intérieur de quelque chose de très rond, tout se touchait : le ciel, la terre, la foi et le profane, lui et moi.

33.

« Laurent, ton ordinateur est foutu »

Henri comptait à son actif deux prouesses techniques : son appareil photo et son mobilier « Louis Caisse ». Les meubles tenaient le coup, peu ou prou. Quant à son vieil appareil, il l'avait rafistolé une centaine de fois sans qu'il rende l'âme. Mais quand il s'agissait de matériel high-tech, il en allait tout autrement. Il cassait tout. Non comme un enfant qui brise ses jouets à peine les lui a-t-on offerts, mais à la manière d'un inventeur qui chercherait à pénétrer le secret de leur fonctionnement. Quand à la fin de sa vie sa maladie de Parkinson s'était soudain aggravée, le protocole thérapeutique avait ordonné une vigilance extrême sur la prise de ses médicaments. On s'était alors résolu à lui aménager à l'étage une chambre à côté de celle de Gordana, afin qu'elle puisse le surveiller jour et nuit. Très fier du fauteuil électrique accroché à la rampe d'escalier qui lui permettait de gagner sans effort sa petite chambre, il en faisait la démonstration à tout le monde, montant et descendant comme un enfant sur un manège. Un jour, il avait eu l'idée de pousser ses explorations un peu plus loin encore.

– Laurent, j'aimerais démonter ce fauteuil pour savoir comment il fonctionne.

– Vous n'y pensez pas ! Il coûte une petite fortune !

Et Laurent de chuchoter à l'oreille de Gordana, qui veillait au grain :

– Surtout s'il vous demande des outils pour le démonter, c'est non !

C'est qu'à Emmaüs, les dégâts commis par l'abbé étaient devenus légendaires. Patrick Doutreligne, le délégué général de la Fondation Abbé-Pierre en sait quelque chose. C'est lui qu'Henri avait appelé un jour pour une requête bien particulière :

– Patrick, vous n'auriez pas par hasard à la Fondation un vieil ordinateur dont vous ne vous servez plus ? Tout le monde parle d'Internet, je voudrais m'y mettre aussi.

Depuis quelque temps déjà, les ordinateurs fascinaient Henri. Il assaillait Sébastien de questions, qui lui répondait avec patience en lui expliquant par le menu ce qu'était un octet, un giga, une carte mémoire. Patrick, de son côté, avait accédé à sa demande et lui avait déniché, à Emmaüs, un bénévole pour l'initier à l'informatique. Après la première séance, le brave homme était allé trouver le patron de la Fondation pour lui faire son compte rendu.

– Il va falloir que je revienne dix fois. L'abbé me harcèle de mille questions, il veut tout savoir... Le hic, c'est qu'il veut aussi démonter la machine pour savoir comment elle marche !

– Commencez par lui expliquer les subtilités des logiciels, ça le calmera.

Dix jours s'étaient à peine écoulés qu'il rappelait :

– Patrick, votre ordinateur est foutu !

– Et la garantie ?

– Qu'importe ! L'abbé a tout démonté pour le remonter, il ne fonctionnera plus !

Henri procédait de la sorte avec tous les appareils électroniques qui lui tombaient sous la main. Laurent avait trouvé un jour le téléphone portable de l'abbé en pièces, éparpillées sur la table. Il l'avait accueilli hilare :

– Laurent, savais-tu que là-dedans, il y avait plus de trente sonorités ?

Sourd d'une oreille, Henri portait un appareil auditif, qui, pour des raisons obscures, émettait de temps à autre des sifflements incommodants. Patrick s'en était étonné :

– Mais pourquoi ne le changez-vous pas, il existe aujourd'hui des engins très sophistiqués ?

– C'est ça, donne-lui des bons conseils, s'était récrié Laurent. Ces « engins sophistiqués » dont tu parles, on les lui a déjà achetés, il les a tous démontés !

Aucun n'avait résisté à sa curiosité. On lui avait offert un appareil dernier cri, que Ronald Reagan portait à la fin de sa vie. Il avait fini comme les autres : en pièces détachées. Les yeux remplis d'admiration, Henri ne s'était d'ailleurs pas privé de prendre son secrétaire à témoin.

– Regarde, Laurent, toutes les pièces nécessaires à un si petit appareil !

Les vendeurs commençaient à rire jaune quand il s'agissait de les remplacer, tout abbé Pierre qu'il était.

34.

Henri et l'argent

– Moi, je ris pour un rien, confiait sœur Emmanuelle… Lui, il souffre !

Qu'Emmanuelle parle ainsi à son sujet agaçait souverainement Henri, d'autant plus que c'était vrai. Un soir qu'il regardait la télévision, il était tombé sur une émission dans laquelle la sœur, vif-argent, amusait la galerie avec ses formules à l'emporte-pièce. La mine renfrognée, il avait lancé à son secrétaire, assis à côté de lui :

– Mais regarde, regarde-la donc, au moins elle, elle fait rire.

– Mais vous aussi, père, vous aussi !

– Mais non ! Moi je suis triste. Regarde ma tête !

L'antienne était connue de tous.

– Je ne me souviens pas d'avoir eu un seul fou rire de toute ma vie, confiait Henri à qui voulait l'entendre.

Nous nous empressions de le détromper.

– Pourtant vous êtes très blagueur !

– C'était vrai, répondait-il un peu rassuré. Enfant, j'étais même le pitre de la famille.

La vieillesse n'avait pas altéré l'humour du jeune Henri Grouès, quoi qu'il en dise. Non seulement il était resté très facétieux, mais il lui arrivait souvent de déclencher l'hilarité à ses dépens, notamment quand il s'agissait des rapports qu'il entretenait à l'argent. Un jour qu'il devait partir au Pérou, il était allé s'acheter des vêtements à La Procure avec Raymond Étienne, qui craignait pour lui la chaleur excessive de l'été andin. On lui avait choisi une superbe saharienne noire, en tissu très fin. À la caisse, la vendeuse lui avait souri :

– Pour l'abbé Pierre, c'est gratuit.

Plus tard, quand il était remonté dans l'auto, il avait soufflé à Raymond :

– Si j'avais su, j'en aurais pris deux !

Henri avait l'habitude de ce genre de privilèges, sans même en être conscient. Où qu'il aille, il ne payait jamais. Du moins oubliait-il. Quand il prenait un taxi, la course achevée, il ouvrait la portière et s'en allait comme il était venu. Le chauffeur n'osait rien lui demander. Un jour où il avait consenti à payer sa course, il avait sorti de sa poche un « Pascal » et l'avait tendu au conducteur. L'autre, sans se démonter, lui avait répondu :

– Mon père, vous n'avez qu'à me signer un autographe dessus, je le garde !

Il procédait de la même manière partout où il passait : au restaurant, chez le médecin, au supermarché. Avait-il besoin d'un marteau, il allait au magasin du coin, prenait l'outil et partait le plus naturellement du monde.

– Merci ! criait-il alors.

Laurent, qui le suivait de près, se retournait et disait au marchand, d'un air désolé :

– Il est ainsi, c'est à vous de lui tendre la note.

Et l'autre, dépité, de répondre :

– J'ai voulu le faire mais il m'a dit qu'il n'avait pas d'argent sur lui et m'a tendu une carte téléphonique.

Henri n'avait d'ailleurs aucune idée des prix. Et puis, il ne comprenait rien aux euros. On lui aurait demandé mille euros pour la tranche de saumon qu'il venait de manger, il n'y aurait vu que du feu. Quand il était en Suisse, où il allait très souvent, il distribuait les Rolex qu'on lui offrait à des quidams dans la rue qui lui faisaient de la peine. Si on lui faisait une remarque, il répondait que, de toute manière, il préférait sa vieille montre attachée avec du fil. Elle au moins « faisait pauvre », selon l'expression de Laurent à qui était réservée la tâche de délester les poches du grand-père des billets que lui donnaient partout les braves gens. Son désintérêt pour l'argent dépassait parfois les bornes, et finissait par agacer ses proches. Il y a quelques années, une somme importante avait été donnée à Georges Chevieux, qu'il était chargé de remettre à Mlle Coutaz.

– Pas de problème, répond Georges, l'abbé est là, je vais la lui confier.

Lucie, que Georges avait avertie, s'était récriée :

– Malheureux ! Vous avez fait ça ? Alors c'est foutu.

La fine mouche voyait juste. Sitôt monté dans le train, Henri avait distribué l'intégralité de la somme aux voyageurs du Genève-Paris. À son arrivée à Charenton, Lucie l'avait grondé :

– Mais enfin, père, comment vous avez pu donner tout ça ?

– Qu'y puis-je ? Ces gens-là en avaient bien besoin !

35.

Le péché de gourmandise

– Tiens, voilà mon supplice !

Ainsi Henri accueillait-il ses repas à Esteville, où, il faut bien l'avouer, la pitance était abominable. Nous-mêmes quand nous allions le visiter, nous arrivions généralement après le repas pour éviter cette épreuve. Si, par malheur, nous étions là avant, nous faisions mine de picorer dans l'assiette pour filer ensuite à l'anglaise dans un petit restaurant de la campagne normande. Le pauvre homme, lui, n'avait pas cette chance, et une fois ses deux œufs gobés, il nous lançait, le dégoût dans la voix :

– Moi qui aime le saumon, on me refile les queues parce que c'est moins cher. Mais c'est plein d'arêtes et je ne peux pas les manger !

Il n'était pourtant pas très regardant sur le chapitre de la table. Hormis les pâtes, il aimait tout. L'enfant qu'il était resté adorait les sucreries, les glaces, surtout celles à la vanille, les fraises et les pamplemousses. Il avait aussi un faible pour la viande des Grisons. Le frigo de la cuisine était rempli à ras bord de bouteilles de Schweppes, sa boisson favorite, qu'il versait dans sa soupe quand il la trouvait trop chaude ! Il aimait le pop-corn au point d'en demander une assiette auprès de son lit pour la nuit. Un jour, il était venu trouver Gordana tout penaud car il ne pouvait plus fermer son pantalon.

– Hé, l'abbé Pierre, vous avez grossi !

– Alors, je ne vais plus manger.

L'idée de grossir le répugnait. Non tant par coquetterie, mais parce que l'abbé Pierre, qui se battait pour les crève-la-faim, ne pouvait pas être gros. C'eût été inconvenant.

À la fin, l'état de ses dents lui interdisait de consommer des aliments non mixés, ce qui provoquait des échanges hilarants entre lui et Gordana, qui avait un souci extrême de sa dignité. Quand il s'asseyait pour manger, elle lui nouait sans autre façon une serviette autour du cou.

– Pourquoi me mets-tu une serviette à moi et pas aux autres ?

– Mais l'abbé Pierre, c'est parce que vous mangez comme un cochon !

– Bon, bon… Et que mange-t-on d'ailleurs ?

– Aujourd'hui, c'est du poulet.

– Ah bon ! Pourtant, je ne vois rien dans l'assiette qui y ressemble.

Comme chacun sait, l'alcool était en général proscrit dans les communautés. Henri n'avait jamais rompu le vœu d'abstinence prononcé du temps où des rixes éclataient en permanence entre les ivrognes qui rejoignaient les troupes d'Emmaüs. D'ailleurs, il détestait trouver des bouteilles de vin dans la cuisine d'Alfortville. Alors Laurent les planquait soigneusement. En revanche, il se montrait moins regardant dès qu'il s'agissait d'une affaire lucrative pour les démunis. Le « vin des pauvres » avait alors une tout autre saveur. C'est ainsi que des vignerons avaient proposé à la communauté de Metz de fabriquer une cuvée à l'effigie de l'abbé Pierre, pour fêter le millénaire d'Hugues Capet. Malgré le montant colossal du bénéfice annoncé – un milliard de centimes de l'époque – les responsables de la communauté s'y étaient opposés. Henri était fou de rage.

– Comment ? Vous osez refuser un milliard ! Mais vous êtes des salauds !

Ce jour-là, il avait oublié qu'à Emmaüs, il y avait des intégristes de l'abstinence, à l'instar du responsable d'Esteville, qui avait réussi la prouesse de faire fermer le seul bistrot du village.

36.

« Surtout arrachez les poches, ça fera plus pauvre ! »

« Le mythe de l'abbé Pierre dispose d'un atout précieux : la tête de l'abbé. » Nous avons encore tous en mémoire la page éblouissante des *Mythologies* de Roland Barthes, ce livre emblématique paru en 1957, dans lequel le sémiologue décryptait le phénomène. Preuve que Barthes ne s'était pas trompé, les signes d'hier étaient restés les mêmes, intangibles et quasi sacrés. La tête d'Henri, c'était d'abord sa barbe capucine. Gare à celui qui se serait avisé de s'attaquer à elle sans respect, car il y était aussi attaché que Samson à sa chevelure. Un jour qu'il s'était endormi chez la coiffeuse d'Alfortville, la moderne Dalila lui avait taillé la barbe trop court. À son réveil, il s'était retenu d'exploser devant la brave femme, avait bougonné un merci, avant de mettre son cache-nez jusqu'aux oreilles et de s'en aller. Arrivé devant Laurent, il avait laissé libre cours à sa colère :

– Non, mais tu as vu ça ? Si les journalistes me voient ainsi, que vont-ils dire ? Sans doute que je fais encore des excentricités avec ma barbe !

Traumatisé par cette mésaventure, il avait juré de ne plus jamais s'endormir chez le coiffeur ; on ne pouvait décidément pas faire confiance à ces gens-là ! Désormais, il préférait confier le soin de sa barbe et même de ses moustaches à un proche qu'il pouvait surveiller. Il débarquait dans le bureau, ciseaux à la main et hélait Sébastien ou Laurent :

– Te sens-tu capable de me tailler la moustache ?

On devait alors s'exécuter avec toute la prudence requise, tandis que le grand-père feignait de dormir et surveillait d'un œil ; quand il jugeait la taille suffisante, il se contentait d'un « merci », ce qui signifiait qu'il fallait s'arrêter net. Il ne portait pas le même soin à sa chevelure et on pouvait bien lui raser le crâne sans craindre de déclencher son courroux. Encore fallait-il y mettre un peu d'art, car il avait adopté depuis son époque franciscaine une coupe monastique qui se serait apparentée à la coupe en vogue dans la Rome antique si elle n'avait pas été trop tondue sur les côtés ; elle évoquait ainsi la fameuse « coupe au bol » chère aux parents des écoliers d'autrefois, coupe économique par excellence et nécessitant peu d'apprêt, la main remplaçant avantageusement le peigne. À vrai dire, ce degré zéro de la coiffure, en dégageant trop ses oreilles qu'il avait grandes et décollées, ne le flattait guère. Cette tête fameuse, qui présentait « tous les signes de l'apostolat », était presque toujours coiffée de son béret. Quand il était sale, il fallait déployer des ruses de Sioux pour le lui dérober afin de le laver. Si par miracle on parvenait à lui acheter un béret neuf, il commençait par arracher l'intérieur en cuir, sans quoi, disait-il, il ne pouvait pas l'attacher à la ceinture. Au début de son installation dans son refuge à Alfortville, Henri avait un chauffeur qui s'appelait Stéphane.

Un jour, sur la route de l'aéroport, il avait eu envie – fait rarissime – d'acheter un nouveau béret pour remplacer celui qu'il avait oublié de mettre dans sa valise. Soudain, arrêté à un feu rouge, Stéphane avait aperçu dans le rétroviseur un bonhomme à bout de souffle, qui courait derrière la voiture, une valise à la main.

– Bon sang, c'est celle de l'abbé ! s'était exclamé le chauffeur qui avait oublié de fermer le coffre.

– Ce n'est pas grave, lui avait rétorqué Henri alors qu'il se répandait en excuses. Je n'ai réellement besoin que d'un autre béret et il n'y en avait pas dans la valise !

Quant à sa canne, il y tenait comme à la prunelle de ses yeux. Elle avait appartenu à sa sœur, qui la lui avait donnée pour remplacer celle qu'il avait perdue dans le naufrage du *Ciudad de Asunción*. Dans son appartement, il marchait très bien sans, mais s'il survenait un étranger, on le voyait alors disparaître pour réapparaître avec elle.

Henri abhorrait à tel point les signes extérieurs de richesse qu'il avait étudié de près son look. Malgré les apparences, rien n'était laissé au hasard. Il vouait à ses guenilles un attachement quasi pathologique. À peine embauché à Emmaüs, Laurent avait suivi l'abbé à Carmaux où il donnait une conférence à propos de son livre *Fraternité*. Henri prenait déjà beaucoup de médicaments et transpirait abondamment, comme à l'accoutumée. Il avait terminé en nage.

– Va vite me chercher un maillot de corps et une serviette-éponge avant que je prenne froid...

Il était en train de signer des autographes quand son nouveau secrétaire était revenu, tout essoufflé :

– Père, j'ai ce qu'il faut en coulisses, venez !

Il avait alors enlevé sa veste et son pull et lui avait montré ses deux coudes ornés de deux énormes trous.

– Tu as vu ? avait-il dit tout fier.

Et Laurent de rétorquer :

– Père, tout de même, si vous tombiez malade et qu'on vous emmène à l'hôpital, pour qui passerait-on ? On nous accuserait de ne pas nous occuper de vous.

De retour à Alfortville, Henri l'avait appelé, rigolard :

– Regarde, il y a plein de trous !

Il avait découpé son autre pull aux ciseaux du poignet jusqu'aux coudes ! C'était plus fort que lui : l'abbé Pierre ne pouvait aller qu'en guenilles. On avait beau lui dire qu'on pouvait être pauvre mais digne, on pouvait lui rappeler que ce pseudo-romantisme de la pauvreté énervait le père Wresinski, le fondateur d'ATD Quart Monde qui, lui, était réellement né pauvre, rien n'y faisait ! Ainsi avait-il saccagé la fameuse cape que lui avait offerte le colonel des pompiers en arrachant l'intérieur en soie. Une autre fois, il s'était mis en colère, en voyant qu'on lui avait raccommodé son pull.

– Qui m'a fait ça ? s'était-il écrié avant de se mettre à le découdre aussitôt.

Mlle Coutaz, n'y tenant plus, avait fini par s'énerver :

– Allez-y, mais allez-y donc ! Surtout arrachez les poches ! Ça fera plus pauvre !

Des années plus tard, Hélène, lasse de le voir avec

ses oripeaux déchiquetés, lui avait acheté un pantalon neuf. Mais il était trop long.

– Ne touchez à rien. Je ferai l'ourlet après votre sieste.

Alors que 4 heures sonnaient à la pendule, Hélène l'avait rejoint et avait aperçu le pantalon neuf étalé à côté de lui. Le bas était découpé de travers, les fils pendants.

– Voyez Hélène, c'est fait !

Henri, qui était si curieux de la nouveauté, détestait le neuf. Le cousu main n'était pas pour lui. À chaque déplacement qu'il faisait dans les communautés avec Laurent, c'était la même chose :

– Laurent, j'ai froid !

– Je vais vous chercher un pull.

– Oui mais surtout pas à la buanderie hein, va le prendre sur le tas de chiffons !

Henri était resté un chiffonnier dans l'âme. Gordana avait eu bien du mal à le mettre au pas. Dans les premiers temps, lui faire prendre une douche n'était pas une mince affaire.

– Je n'ai pas trop l'habitude, lui disait-il.

En fait, personne n'avait jamais osé trop insister pour l'y inviter. Il faut dire qu'Henri appartenait à cette génération qui tenait la douche du dimanche, que l'on prenait dans un baquet, pour la seule nécessaire ! Ses habitudes avaient été confortées par les années passées chez les moines où la vie du corps tient si peu de place. Gordana, toute rusée qu'elle était, y était allée crescendo, proposant d'abord une douche par semaine. Henri avait accepté pour ne pas la contrarier. Au bout d'un certain temps, il avait consenti à la douche quotidienne à la condition qu'elle soit très chaude, car « il avait froid aux os », comme il disait souvent, à cause d'une mauvaise circulation sanguine.

– Que c'est bon, j'y passerais toute la journée, avait-il fini par lui confier.

La bataille de l'eau était gagnée.

37.

Il était de là-bas dans les montagnes…

Au cœur des Alpes-de-Haute-Provence, entre Barcelonnette et Briançon, un chemin serpente à travers les forêts de pins au fond d'étroits défilés. Nous sommes en haute Ubaye. Après le pont du Châtelet, qui franchit une profonde entaille creusée dans la roche par le torrent, nous croisons les paroisses de Fouillouse et de Saint-Véran, îlots de vie dans un océan de silence. J'ai toujours vu trôner une photo de ce pont sur le bureau d'Henri, où qu'il aille. Bien sûr, il était partout chez lui. Le monde entier ne l'avait-il pas accueilli à bras ouverts du temps où le prophète menait une guerre sans répit à la misère ? Mais son histoire, comme toutes les aventures humaines, s'enracinait dans ce terroir adossé à une montagne. Au crépuscule de sa vie, il était revenu sur la trace de ses aïeux, à Fouillouse, où des générations de bergers et de paysans avaient vécu, loin du monde, au cœur de cette nature grandiose.

– Il fallait vraiment voir ça ! m'avait raconté Jean-Marie qui était du voyage. C'étaient ses racines, il les aimait.

Henri était très attaché à ce petit village, un des

plus hauts d'Europe, où l'après-midi, il allait s'asseoir dans les champs, face à la montagne. Il s'émerveillait longuement, avant de vous inviter en fin de journée à le rejoindre dans la petite chapelle où il célébrait la messe. Lors de son dernier pèlerinage à Fouillouse, il s'en était allé, de nuit, comme de coutume, photographier les étoiles. Puis il s'était arrêté pour méditer devant la maison de son grand-père, à l'entrée du hameau. Il était enchanté même s'il ne goûtait pas la tranquillité qu'il éprouvait à Assise, dans le Hoggar, ou même à Genève, son refuge par temps de gros grain. La rumeur avait couru dans la vallée que l'abbé Pierre était là et le colonel des gendarmes avait débarqué de Gap en hélicoptère pour lui remettre une décoration. Il devait parfois songer qu'il lui faudrait monter encore plus haut pour, enfin, se sentir tranquille.

– Je ne l'avais jamais vu aussi jeune !

Jean-Pierre, qui avait quitté il y a quelques années le bureau d'études dont il était le patron pour rejoindre Emmaüs, n'en revenait pas. Il m'avait accompagné à Assise pour le tournage d'un film dont Henri se réjouissait. Tout à sa joie, ce dernier nous poursuivait dans les sous-bois à la manière d'un gamin facétieux pour nous distribuer d'amicales bourrades. Beaucoup de ses proches vous diront qu'ils gardent tous un souvenir ébloui de ces escapades avec le délicieux octogénaire. Dans ces moments-là, il se révélait à eux dans sa vérité la plus profonde, avec une grande spontanéité. Là, il redevenait l'adolescent qu'il était quand, au retour d'un pèlerinage à Rome, il avait eu la révélation dans la petite ville de saint François. Le jeune scout d'alors, qu'on avait surnommé « Castor méditatif », avait sous sa responsabilité la patrouille des Cigognes. Une nuit qu'il n'arrivait pas à dormir, il avait emprunté un chemin au hasard, qui l'avait conduit à la Rocca, les ruines qui dominent Assise. Après avoir arpenté un long sentier tiré à flanc de montagne, la paix de ce matin pascal avait envahi son âme. Au moment où les cloches des campaniles s'étaient mises à sonner à la volée, il avait eu l'intuition que l'adoration était communion avec l'humanité tout entière. Elle était la source la plus extraordinaire de l'action. Sa vocation était née. Il deviendrait un saint. Nulle part ailleurs, la messe n'avait le prix qu'elle revêtait aux Carceri, les petites grottes où le Poverello et ses compagnons venaient adorer Dieu dans la solitude. Les visites régulières qu'il y faisait l'apaisaient. Nous étions envieux de la fraîcheur mâtinée de grâce qu'il retrouvait alors, quand nous continuions, nous, à jouer aux adultes. C'est ainsi qu'un jour où nous déjeunions dans une gargote d'Assise, Henri avait surpris l'assemblée tout entière, au moment de passer commande à l'aubergiste. En ce jour de vendredi saint, nous étions convenus de manger du poisson, pour ne pas risquer de le froisser. Assis à ses côtés, je m'étonnais qu'il n'ait pas encore fait son choix.

– Et vous mon père, qu'est-ce qui vous ferait plaisir ?

– Pour moi, ce sera du melon avec du jambon de Parme !

– Mais père, c'est vendredi saint !

– Et alors, qu'importe ! J'adore ça !

À Assise, plus qu'ailleurs, nous tenions une chance, si minime soit-elle, de vivre en osmose avec lui et de pénétrer les espaces infinis de sa vie intérieure.

Le désert, Henri en rêvait déjà enfant, bouleversé par la lecture de Psichari, ce petit-fils de Renan que Jacques Rivière avait sauvé in extremis du suicide. Psichari, dont une phrase avait marqué Henri au fer rouge, était alors devenu officier méhariste au Sahara : « Non, ce n'est pas vrai que la vraie route soit celle qui ne mène nulle part. » C'est aussi depuis ce désert saharien que son ami François Garbit lui avait redonné la soif de vivre quand il dépérissait chez les capucins. Plus tard, Henri avait pu saisir à son tour la magie de ces plaines de sable en marchant sur les traces du père de Foucauld à Béni-Abbès, dans le Sud algérien. C'est là qu'il avait réussi pour la première fois ces incroyables photos des satellites dans les cieux étoilés. Puis vingt ans plus tard, en 1995, il était retourné dans l'Assekrem, au cœur du Hoggar, accompagné de Micheline Decaux. La célèbre photographe m'a confié en garder un souvenir émerveillé. Elle avait rencontré Henri lors d'une répétition des *Bas-Fonds*, une pièce de Gorki jouée au théâtre Mogador. Elle se souvient encore du moment où elle était entrée dans la salle.

– Pierre, il aurait fallu que tu voies ça. Une scène de confessionnal dans un théâtre !

En arrière-plan, les misérables des « bas-fonds » dans la mise en scène exacerbée de Robert Hossein, avec ces lumières crues et ces haillons… Et puis, une autre scène en contrebas : Robert à genoux s'entretenant à voix basse avec l'abbé. Elle n'aurait pas dérangé les deux hommes si elle n'avait pas entendu Jacques Perotti annoncer au régisseur qu'Henri partait la semaine suivante pour le Hoggar. Elle ne pouvait pas rater ça !

– Me permettez-vous de vous accompagner ? avait-elle demandé à l'abbé, quand il s'était approché d'elle.

– Pensez-vous que ce serait bien ? avait-il répondu en souriant.

Mais Perotti, qui avait surpris la requête de la jeune femme, ne l'entendait pas de la même oreille.

– L'ennui, c'est que les femmes n'ont pas accès à l'ermitage qui est un lieu de recueillement, avait-il souligné, un brin agacé.

– Alors, venez !

Henri, qui n'était plus à une provocation près, avait tranché. Quelques jours plus tard, Micheline le rejoignait. Il était sans doute monté à dos d'âne, elle aurait mieux fait d'en faire autant, songeait-elle en reprenant son souffle sur les chemins rocailleux du désert algérien. Après avoir sué sang et eau pour gravir l'Assekrem, l'ermitage du père de Foucauld, elle avait fini par retrouver l'abbé foulant les cailloux, vêtu d'un imperméable qui ressemblait à un de ces cache-poussière des cow-boys de l'Ouest américain. Perotti, lui, avec son turban haut perché sur son crâne évoquait Sindbad le marin. Aussitôt, il lui avait fait les honneurs de sa cabane. Quelle n'avait pas été sa surprise d'y trouver sur une étagère des boîtes de cassoulet, du petit salé et de la choucroute, coincés entre les photos de sa mère et de Lucie Coutaz et deux Polaroid !

– Comment, mon père, vous n'êtes pas venu ici pour prier ?

– Mais non, pas du tout ! Je viens prendre des photos du ciel.

Micheline tombait des nues.

– Vous voyez, je m'installe ici, la nuit, avait-il poursuivi en désignant un banc de pierre. Je mets mon Polaroid en pose, trente minutes, pas moins : les étoiles restent fixes évidemment, mais pas les satellites. C'est étonnant, restez, vous allez voir !

– Mais vous savez bien qu'il est interdit aux femmes de passer la nuit ici ! Et si on me surprenait ?

– Vous pourriez dormir là ! avait-il alors répondu en désignant la cabane.

– Mais mon père, il n'y a qu'une couchette là-dedans !

– Eh bien, vous dormirez à côté, dans la chapelle. Je vous donne une couverture, vous ne pouvez pas louper ça !

– Et si un frère me découvre dans la chapelle ?

– On s'en fout !

Henri avait raison : on s'en foutait. Mais la jeune femme, qui était respectueuse des codes, s'était ravisée :

– Écoutez, mon père, je vais redescendre et je remonterai à 4 heures sonnantes, pour le lever du soleil !

Cette nuit-là, tandis qu'ils contemplaient tous deux la voûte céleste illuminée de milliards d'étoiles, ils avaient évoqué chacun leurs joies et leurs blessures.

– Je pense à l'un de mes meilleurs amis mort du sida, avait-elle confié à Henri. Comme il doit être content qu'on pense à lui, et que ce soit moi et que ce soit vous…

Il lui avait pris les mains qu'il avait serrées avec force, puis il avait recouvert une pierre d'un tissu blanc pour dire la messe. La messe achevée, sans façon, il s'était allongé sur sa planche. Après s'être replié en position fœtale, il avait ramené la couverture sur sa tête et s'était endormi comme un enfant. Les magazines s'arrachèrent le reportage de Micheline. Henri, quant à lui, jeta son dévolu sur la photo dont il me parlait souvent :

– Tu vois, Pierre, voilà la photo d'un homme qui va rejoindre son Dieu !

Et, en effet, plus l'heure dernière approchait, plus Henri contemplait cette photo, en silence… C'est Micheline qui, bien plus tard, m'avait révélé d'où venait la puissance inouïe du cliché.

– Regardez, Pierre, il y a une telle force dans le regard, ce regard mange tout, il n'a pas la joie de celui de Mandela, non, c'est autre chose, tenez.

Alors, elle s'était levée et était allée chercher un catalogue d'où elle avait sorti la photo d'un inconnu. La faim qui le tenaillait se lisait sur son visage.

– Comparez ces deux regards, vous serez surpris ! N'est-ce pas ?

38.

Un viticulteur pas comme les autres…

– Votre couteau, vous l'avez mis dans votre valise, au moins ?

– Bien sûr, répondait Henri du tac au tac, comme s'il s'agissait d'une évidence.

Lors d'un de ses nombreux séjours en Suisse, où il se réfugiait quand la pression médiatique et le déchaînement des passions l'écrasaient, on lui avait fait cadeau d'un splendide couteau suisse qu'il gardait toujours dans l'une de ses poches. Avant de passer un contrôle de police à l'aéroport, Hélène prenait toujours soin de lui demander s'il l'avait rangé comme il se devait. Malgré ce qu'il prétendait, il n'en faisait rien. Seulement pour le plaisir d'être fouillé, au grand dam d'Hélène qui détestait se faire remarquer. Alors, tandis qu'elle l'enguirlandait, il prenait sa bouille d'enfant contrit. Il était déjà là-bas, à Genève, où il savait qu'on lui prodiguerait tendresse et amitié. Georges Chevieux, son ami « à la vie, à la mort », y veillait avec le plus grand soin. Il avait su constituer autour d'Henri un cercle d'intimes, très protecteurs. À peine arrivé, celui-ci était accueilli à l'hôtel Bernasconi, devenu depuis l'International-Terminus. On le cajolait en le trimballant dans des balades en 4 × 4 ou en hélicoptère, autant de distractions auxquelles il n'était pas habitué. On le voyait alors, fait rarissime, boire un peu de vin ou de la bière, enfreignant avec le sourire la promesse qu'il avait faite au vieux Jules cinquante ans auparavant. C'est ainsi qu'un jour, assis sur un télésiège, il avait rejoint un chalet perché à 2 000 mètres d'altitude pour goûter à un breuvage ordinaire qui avait un goût de bouchon. De temps à autre, lui qui se défiait du plaisir et prônait l'utile pardessus tout, ne pouvait s'empêcher de faire un petit scandale. « Pour la bonne cause », comme il disait. Alors il était capable de quitter avec fracas une table d'ambassadeurs à laquelle on l'avait convié.

– Messieurs, je ne peux pas m'associer à votre repas. Je viens des favelas. Avec ce que vous mangez ici, songez qu'on aurait pu nourrir je ne sais combien de familles pendant un mois… Au revoir !

Henri était coutumier de ce genre de coup d'éclat. Des évêques américains, monseigneur Rodin, le fondateur du Secours catholique, ou encore le roi du Maroc en avaient fait les frais. Il faut dire que ses colères, bien que redoutables, étaient souvent émaillées de drôlerie. Comme ce jour où, lors d'un banquet offert dans un restaurant célèbre par le président du canton de Genève, le serveur avait apporté un énorme saumon dressé sur un plateau d'argent. Laurent, qui l'accompagnait, s'était fait tout petit. Ça va barder, avait-il pensé. Très calmement, Henri avait hélé le garçon :

– Pour moi, ce sera une simple soupe avec un peu de pain.

Ce dernier, un peu surpris, s'était exécuté. L'abbé

avait avalé le tout sans broncher dans un silence religieux puis s'en était allé faire sa sieste. Laurent pouvait respirer, le drame avait été évité. Ce n'est qu'un peu plus tard dans la journée qu'il avait entendu une petite voix suppliante l'appeler.

– Pourrais-tu aller m'acheter ces petits sandwichs au pain moelleux comme je les aime ?

C'est là, en Suisse, qu'Henri était devenu propriétaire viticole. Quelle curieuse histoire que cette vigne du Farinet, dans le Valais ! À vrai dire, il ne l'avait pas achetée, il en avait hérité de Jean-Louis Barrault et avait promis de la léguer à son tour au dalaï-lama. Les trois pieds produisaient deux mille bouteilles. Il n'y avait aucun miracle là-dessous, aucune multiplication du vin ! Des vignerons se cotisaient pour faire vivre le petit domaine. Henri avait un jour brandi fièrement un de ces flacons sous mon nez :

– Lis ! m'avait-il ordonné l'air mutin. Cette bouteille est un cierge. Elle contient le vin de messe de l'abbé Pierre fourni par la plus petite vigne de la terre !

La récolte avait été faite par Caroline de Monaco le 12 septembre 1994, avant d'être mêlée au jus de raisin du Valais. Grâce à une autorisation spéciale de l'Église, l'abbé Pierre l'avait consacrée en célébrant sa messe. À sa demande, ces bouteilles numérotées de 1000 à 2000 étaient vendues en faveur d'Emmaüs. Et ça tombait bien quand on connaissait l'histoire de Farinet, qui avait donné son nom au vignoble. Sorte de Robin des Bois du siècle dernier, qui volait les riches pour nourrir les pauvres, il était un brigand au grand cœur. Jeté plusieurs fois en prison, il avait réussi à se faire la belle deux fois. Sa troisième évasion lui avait été fatale. Capturé à nouveau, il avait été pendu haut et court avant d'être enterré dans un petit cimetière proche de Sion comme un larron, sans nom et sans croix. Henri exultait :

– Figure-toi qu'à la barbe des autorités, sa tombe est devenue un lieu de pèlerinage !

Je songeais en moi-même qu'il n'était pas surprenant que ce Farinet lui plaise autant, lui qui dans sa jeunesse rêvait de devenir « marin, missionnaire ou brigand ».

– Quand je suis venu pour la première fois ici, j'ai taillé la vigne. J'ai également béni la tombe et j'ai planté une belle croix de bois.

L'homme avait le pied montagnard. Rien d'étonnant alors qu'il ait élu domicile à Crans-Montana, bien au-delà de Genève, en haute montagne. Étrangement, il se trouvait bien dans cette station de ski pour happy few. Il avait ses habitudes dans une maison qui accueillait des petites sœurs et des frères missionnaires au repos. On l'y conduisait quand cela devenait nécessaire et on le mettait au secret. Dire qu'il était heureux dans son repaire ne suffirait pas à rendre compte de la métamorphose que ces séjours opéraient sur lui. Il arrivait épuisé. Mais après quelques jours de sommeil, de lectures et de cette viande des Grisons dont il raffolait, il se reconstruisait. Les gens le saluaient sans l'importuner, juste pour lui dire un mot gentil. Il passait des heures à discuter avec des enfants, émerveillés à l'idée que ce vieillard chenu ait été un jour un gamin. Un petit farceur qui profitait que son père ait le dos tourné pour attraper au lasso son chat favori qu'il remontait ainsi jusque dans sa chambre. Henri prenait alors des enfants sur ses genoux. Ils lui tiraient la barbe. Il se laissait faire avec bonne grâce.

– Eh non, elle n'est pas fausse !

Deux mois avant sa mort, il devait se rendre à Crans-Montana avec Marlène et ses enfants. Il était joyeux comme un grand-père qui ferait un cadeau à sa petite-fille. Son baluchon était prêt. Mais le destin en a décidé autrement : la jeune femme, en souvenir de celui qu'elle aimait comme un grand-père, y est allée seule.

39.

Un mythe ?

La vigne du Farinet est très vite devenue un lieu de pèlerinage pour les aficionados d'Henri. Lui, qui aimait tout le monde, y invitait aussi bien Danielle Mitterrand et Kofi Annan, le secrétaire général de l'ONU, que Yannick Noah, Zinedine Zidane ou Gilbert Bécaud. Même les filles du Crazy Horse, qu'il trouvait sympathiques, avaient droit de cité. Mais la star, c'était lui ! Henri était ce prêtre new age qui avait révolutionné les médias. Une aura médiatique qui ne datait pas d'hier. Avant même « l'insurrection de la bonté », son nom bruissait déjà dans les salles de rédaction françaises, où on avait découvert qu'il était un bon sujet de une. Très vite, il s'était trouvé affublé de toutes sortes de surnoms, tout aussi pittoresques les uns que les autres : Pierre à bâtir, Pierrot le feu, l'Ascète en glaise, Sésame ouvre-toits, Robin des toits, Bernardin de cent pierres, abbé Furax. Le mythe était né.

À partir de février 1954, Henri avait incarné la figure du héros descendu du ciel dans un moment dramatique de l'histoire française. On le comparait alors à saint Vincent de Paul ou à saint François d'Assise, quand ce n'était pas à Jésus. Les journalistes parlaient déjà de le canoniser, oublieux des procédures de l'Église romaine. Sa barbe et son béret s'affichaient même sur la couverture de *L'Osservatore Romano*, organe du Vatican peu suspect de sensationnalisme. Henri était allé jusqu'à prêter son nom pour une campagne publicitaire. Une lessive, qui lave plus blanc que blanc ! Le cinéma, la littérature, le disque célébraient les chiffonniers d'Emmaüs, et en fabriquaient à l'occasion, plus vrais que nature. Désormais, personne ne pouvait ignorer son action et son existence. En 1961, un sondage avait révélé que sur 100 personnes interrogées, 98 le connaissaient. La foule de micros qui l'enfouissaient lors de chacune de ses apparitions rendait sa parole quasi magique.

Monstre cathodique tout autant que catholique. « La plus grosse tête de con que j'aie jamais vue » ! Ainsi la marionnette Henri apostrophait-elle Dieu le 22 janvier 2002. Un face-à-face plus tumultueux qu'apaisé. Le soir de sa mort, les satiristes de Canal+ avaient d'ailleurs consacré l'intégralité de leur show à la personnalité préférée des Français. Il faut dire que depuis huit ans, avec l'apparition de Pierrot la soutane, le fondateur d'Emmaüs était devenu, aux côtés de Jacques Chirac, la vedette incontournable du petit théâtre de la chaîne cryptée. Le lendemain, radios et télévisions avaient emboîté le pas de Canal+ et chamboulé leurs programmes pour rendre hommage au défenseur des sans-logis. TF1 était allée jusqu'à déprogrammer les sacro-saints *Feux de l'amour* pour célébrer ses colères. Un an plus tard, *Le Pèlerin* faisait état d'un sondage qui prouvait assez bien que la ferveur d'hier était toujours d'actualité. Pour 74 % des Français interrogés, Henri était irremplaçable !

Quel personnage ! À Alfortville, on avait déniché une jeune pédicure pour lui tailler les ongles des pieds. Au bout de quelques séances, Laurent s'était enquis de la facture.

– Vous ne me devez rien.

– Vous êtes sûre ?

– Voyez-vous, je n'arrive pas à avoir d'enfant… alors j'ai pensé que peut-être, en coupant gratuitement les ongles d'un saint homme…

Laurent s'était retenu de hausser les épaules, lui qui déteste les superstitions comme l'idolâtrie. Quelques mois plus tard, il avait croisé la jeune femme dans la rue. La fierté se lisait sur son visage.

– Comment allez-vous ? Vous m'avez l'air en pleine forme.

– Pour sûr ! Je suis enceinte !

J'ai beaucoup ri au récit de cette histoire. Ira-t-on jusqu'à verser un jour ce « miracle » au dossier de canonisation d'Henri ? Où qu'il aille, Henri déclenchait des scènes d'hystérie. Tout le monde le saluait, on se mettait à genoux, on voulait le toucher, l'embrasser, si bien qu'il en était souvent gêné. Nul ne restait indifférent à son charisme. Quelques semaines seulement après son inhumation, des centaines de pèlerins avaient afflué au petit cimetière d'Esteville. De mémoire d'Estevillais – et Dieu sait s'ils sont peu – on n'avait jamais vu ça. Qui aurait cru un jour que la notoriété d'Henri charrierait avec elle tant de monde ? Quatre cents personnes en semaine, plus de mille le week-end ! Des centaines d'anonymes happés par le mythe. Si bien que l'on avait été obligé d'installer en toute hâte un panneau pour indiquer la direction du cimetière. Dès le vendredi soir, il fallait voir les voitures s'engouffrer dans la voie sans issue qui longe le flanc droit de l'église Saint-Firmin. Que d'embarras dans cette bourgade, désertée depuis longtemps par ses commerçants ! Heureusement, Nicole veillait. À la sortie d'Esteville, sur la route de Cailly, la patronne de la Halte d'Emmaüs avait pris très tôt des mesures pour éviter de voir envahie la maison où il avait vécu. Une sacrée bonne femme, qui fume comme une forge, forte en gueule mais douée de bonté. Je dois bien avouer qu'elle me plaît davantage que ses prédécesseurs, qui étaient d'affreux « culs-bénits ». Dans ce milieu d'hommes, elle avait repris les affaires en main avec poigne. La dernière fois que je l'ai vue, elle se débattait avec les cinquante pèlerins du jour, appareils photo en bandoulière.

– Ne ris pas, mon cher Pierre ! Tu peux me croire, tout est très organisé. Suis-moi.

J'étais monté avec elle à l'étage, dans le petit appartement qu'occupait Henri. Une chambre jaune et bleu, ses couleurs préférées, les couleurs d'Emmaüs. Au-dessus d'un lit rudimentaire, ces mots : « Souviens-toi d'aimer. » De nombreuses affiches, des photocopies de photos punaisées aux murs, Lucie Coutaz et Georges Legay, la bibliothèque. Derrière la chambre, son petit atelier dans lequel il bricolait ses fameux meubles « Louis Caisse », où s'entassaient quelques cartons remplis de matériel photographique et de vieux habits.

– Tu vois, on n'a rien touché.

– Mais je vois… Ce sas en verre, c'est nouveau ?

– Bien obligé ! C'est qu'il fallait les canaliser, tous ces visiteurs. Ils touchaient à tout !

Pour Nicole, pas question de scènes d'hystérie collective. Elle avait dû batailler ferme pour décourager les marchands du Temple, qui venaient vendre des cannes ou des « bérets de l'abbé Pierre » fabriqués à Taïwan. Henri n'était pas saint Michel. Elle m'avait confié avoir tout de même passé un accord avec une agence de voyages des Deux-Sèvres.

– 2 euros par personne, 15 euros avec le repas. Des visiteurs arrivent en fauteuil roulant, il va falloir réfléchir à faire installer un monte-escalier.

– Quel dommage que l'on ait perdu l'ostensoir !

Je savais que je prêchais là le faux pour savoir le vrai. Je lisais dans les yeux de Nicole qu'elle n'était pas dupe. Qu'importe ! Quand les pèlerins redescendaient de la chambre, ils semblaient émus. Avec une seule phrase à la bouche :

– On a l'impression qu'il est encore là !

40.

La vérité des photos

Qu'en aurait pensé Henri ? Ce qu'il en pensait déjà en 1954, quand étaient jetées en pâture au public sa dégaine et ses foucades. Une image d'Épinal qui ne lui plaisait pas, si bien qu'il avait fini par ne plus se reconnaître dans le miroir qu'on lui tendait. À l'époque, il avait même pensé à couper sa barbe à laquelle il tenait tant. Entre la vocation de l'ascèse et la célébrité tapageuse, les tiraillements ne pouvaient être que douloureux. C'étaient les misérables qui devaient être mis sous les feux de la rampe, pas lui ! L'essentiel plutôt que l'accessoire. Il était sincère en disant cela. J'en veux pour preuve le bonheur que je lisais sur son visage quand j'allais le voir à Saint-Wandrille, du temps où la France – semblait-il – l'avait un peu oublié. Ce n'est qu'en 1989 que la frénésie populaire s'était à nouveau emparée de lui, à l'occasion du quarantième anniversaire de la Fondation Emmaüs. Jusqu'en janvier 1990, quatre mois de folie, qui avaient culminé avec la sortie d'*Hiver 54*, dans lequel Lambert Wilson incarnait l'abbé Pierre. Le film de Denis Amar avait rempli les salles. Les grands de ce monde s'étaient précipités aux projections. À nouveau, Henri avait couru de radios en télévisions. Il était redevenu un must pour les médias. Dès lors, il allait être plébiscité chaque année par le *Journal du dimanche*, qui l'élirait plusieurs fois comme la personnalité la plus aimée des Français, loin devant des sportifs et des chanteurs populaires. L'abbé, comme toujours, baissait les yeux en signe d'humilité, même s'il apportait une attention extrême à son image. Ainsi détestait-il poser, malgré les sollicitations à toute heure des photographes. Claude Iverné est l'un d'eux. Il avait rencontré Henri à Esteville en 1994, son appareil autour du cou. Celui-ci, qui maîtrisait son image, n'aimait guère celle que les pairs de Claude donnaient en général de lui. On lui avait un jour montré la série de photos que Richard Avedon avait faite :

– Mais pour qui se prend-il, celui-là, s'était-il récrié, il donne une image de moi qui n'est pas moi !

Claude, à qui Henri avait rapporté l'anecdote, s'était lancé comme défi de réaliser une série de portraits dans laquelle transparaîtrait la relation de l'homme avec le divin. Il s'était ouvert de son projet à l'intéressé, qui semblait inquiet :

– À quoi cela va-t-il servir ?

– À rien, mon père.

– Bon, alors ton travail sera peut-être utile.

Des années plus tard, Claude Iverné, assis en face de moi, avait gardé de cette expérience un souvenir mémorable. En feuilletant l'album de photos, il s'était arrêté sur l'une d'entre elles, l'air amusé :

– Regarde. Jean-Marie est en train de passer un savon à l'abbé.

– Je connais ce nez plongé dans le menton, comme un enfant que l'on vient de surprendre en train de faire une bêtise. Comment as-tu fait pour saisir cela ? C'est délicieux.

– Inutile de dire que pour la première, j'étais tétanisé, persuadé que j'allais tout rater. Mais au moment où il m'a touché la main, mes craintes se sont évanouies, comme sous l'effet d'un fluide. Quelle connivence entre lui et moi ! Quelque chose de primaire, presque animal.

– Bravo ! Je te félicite ! Tu as réussi à l'apprivoiser.

– Pendant plusieurs semaines ! Mais ça n'a pas toujours été facile. Il ne posait jamais. Je le photographiais souvent sans qu'il s'en rende compte.

Ce que Claude aimait par-dessus tout, c'est croquer son modèle à l'instant où, sortant d'une fatigue subite, il semblait revenir à la vie. Un jour qu'il lui demandait de se tenir droit comme un piquet, Henri l'avait réprimandé :

– Mais que veux-tu que je fasse à la fin ?

Claude n'osait pas donner d'indications. Il n'était ni Cartier-Bresson ni Avedon.

– Mais parle, dis-moi quoi faire plutôt que de rester planté là comme un idiot !

Soudain l'abbé s'était affaissé, un peu las. Il s'était alors assis avant de se recroqueviller comme une tortue dans sa carapace. On ne voyait plus son visage. Claude avait senti monter une boule dans sa gorge. Que faire ? Au bout de dix minutes, Henri avait ouvert à nouveau les yeux, qui brillaient d'une étincelle enfantine. Il avait rechargé ses batteries. Quel spectacle !

Il y a peu de temps, j'ai été convié à une cérémonie

inattendue : le portrait de l'abbé Pierre allait être installé dans une des chapelles de l'église Saint-Leu à Paris, en plein cœur du quartier chaud des Halles, avec ses sex-shops, ses délinquants, ses prostituées, ses drogués et ses paumés, ce qui, me direz-vous, lui aurait convenu à merveille. Michel Bourbon, l'artiste, ne souhaitait pas vendre son œuvre mais en faire don à une église. Au vu de l'encombrement de toutes les chapelles de la capitale, la tâche avait été ardue, mais après une quête serrée, on était parvenu à en dénicher une : Saint-Leu, l'église des pauvres par excellence qui, par-dessus le marché, était garnie d'une ribambelle de plaques de marbre en hommage à de pauvres hères sans identité, morts dans la rue. Les SDF du coin étaient aux anges.

– Chouette, les gars, on va pouvoir récupérer l'abbé, il sera pour nous !

Ainsi fut fait. Le jour de l'inauguration, le curé de la paroisse et le peintre Bourbon y allèrent de leurs petits discours. Puis le cardinal Barbarin, qui avait tenu à être là, raconta une bien belle histoire. De nombreuses raisons avaient milité en faveur de son amitié pour Henri, qui ne s'était jamais démentie. De souche ou d'adoption, tous deux étaient attachés à Lyon. Et puis Barbarin, qui respectait les prophètes, avait été ordonné prêtre à Alfortville. Enfin, il se trouvait qu'Henri s'était proposé pour baptiser deux enfants d'une famille restée proche du prêtre devenu cardinal. Mais il était mort avant de pouvoir le faire. Ainsi s'était-il substitué à lui le jour même où, en soirée, il accompagnait à Saint-Leu le portrait de l'abbé Pierre ; une histoire jolie comme un conte d'enfants.

Une coïncidence trop heureuse pour ne pas être contée, avant que l'on trimballât en procession Henri dans sa chapelle, au milieu de ses pauvres.

Je ne suis pas expert en peinture et je me garderai bien de porter un jugement sur la toile de Michel Bourbon. Il existe peu de tableaux représentant l'abbé Pierre, pour la plupart assez médiocres à l'exception de la toile déjà ancienne de Rouault. Charles Trenet en fut le dernier propriétaire connu, avant qu'elle ne se volatilise, tant et si bien que même Isabelle, la fille du peintre, ignore ce qu'elle est devenue.

Ce dont je suis certain en revanche, c'est que Michel Bourbon est un être très attachant. La soixantaine, longiligne, barbe et chevelure poivre et sel qu'il porte longue et coiffée avec apprêt, très pâle dans sa veste de velours côtelé, il m'accueille d'une voix douce dans son atelier du XIVe arrondissement qui fut, me dit-il non sans fierté, celui de Giacometti. Et de me raconter, sans presque que j'aie à le questionner, le choc qu'il avait éprouvé lors de sa rencontre avec Henri. Une émotion comme il n'en avait jamais ressenti, bien qu'il ait croisé durant sa vie des célébrités, de Balthus à Michel Leiris, de Fellini à Moravia. Mais là, les larmes lui étaient montées aux yeux et il avait pleuré longtemps sans pouvoir s'arrêter. Lui qui jusqu'alors préférait les moniales aux moines, à l'exception des Pères blancs ! Mais avec l'abbé Pierre, c'était différent. Il avait eu l'impression immédiate de toucher l'enveloppe du saint. Il fallait la peindre. Maintenant ! Sur-le-champ !

– Père, j'aimerais faire votre portrait.

– Je n'ai jamais autorisé une chose pareille. La photo, oui. Un tableau, non ! C'est trop délicat !

– Mais pour quelle raison, mon père ?

– J'ai peur que l'interprétation qu'on ferait de moi ne soit pas moi.

– Si on essayait quand même ?

– Soit. Mais je vous préviens : si le tableau, une fois achevé, ne me plaît pas, on le détruit !

À partir de ce jour, Henri était venu régulièrement à l'atelier. Dans les premiers temps, il gardait manteau, béret et écharpe. Michel Bourbon s'en était alors étonné auprès d'Hélène, qui l'accompagnait :

– Ne pourrait-il pas se dévêtir un peu ?

– Ne t'inquiète pas, il est toujours comme ça au début. On ne sait jamais ! Au cas où ce qu'il trouverait ne lui plairait pas, il est ainsi prêt pour décamper !

Et Michel de songer à la manière dont il allait s'y prendre pour commencer son ouvrage.

– Père, quel est votre très grand chagrin aujourd'hui ?

– Deux enfants qui sont morts hier à Bethléem.

– Voilà le sujet : un paysage biblique, Noël, les chiffonniers... et l'abbé Pierre !

– Oui, c'est cela, Bethléem, la Vierge et l'Enfant, avait alors murmuré Henri dans sa barbe.

Au fur et à mesure que le tableau progressait, son œil devenait plus critique.

– Ah ! Il ne faut surtout pas oublier l'âne, soupirait-il.

– Et pourquoi l'âne ?

– Parce que l'âne a une grande place dans la vie de Jésus, ignorant !

– Et le bœuf, mon père, le bœuf lui aussi...

– Oh ! pour le bœuf, tu en mettras juste un petit morceau, ce sera bien suffisant !

Michel, qui ne voulait surtout pas le contrarier, n'a jamais su les raisons pour lesquelles le pauvre animal était tombé en disgrâce... Henri, en revanche, avait été moins regardant quand il s'était agi de peindre sa personne. Il avait limité ses exigences à ses yeux :

– Fais en sorte qu'ils n'expriment pas la pitié, mais la joie.

Le travail achevé, il s'était contenté d'une phrase sibylline :

– D'accord, on le garde !

– Mais, père, le béret, il ne me plaît pas, je voudrais le refaire. Je n'arrive pas à rendre l'allure qu'il a sur votre crâne.

– Mais mon petit ami peintre, mon béret, il est très bien ! Peut-être pourrais-tu me faire la barbe plus neigeuse... J'ai tout de même une inquiétude...

– Laquelle, père ?

– Les roues de la voiture d'enfant qui amène à la Sainte Vierge les oripeaux d'Emmaüs...

– Eh bien quoi, les roues ?

– Est-ce que les roues que tu as faites fonctionnent bien ? Es-tu sûr de cela ?

Je suis revenu ces derniers temps à l'église Saint-Leu. Michel avait raison : le béret est trop petit sur le crâne d'Henri. Mais comme il est à son aise, là, au milieu des pauvres bougres anonymes ! Dans le bureau de Laurent trône un tableau, reproduction de la célèbre photo de Doisneau représentant l'abbé en bure, béret sur la tête. Il raconte une histoire émouvante : par gratitude envers Emmaüs pour des pots de peinture reçus en pleine guerre de Bosnie, un groupe de peintres bosniaques avait envoyé ce cadeau ; oui, c'est bien lui ! Le regard, le port de la canne, et ces épaules qui ne sont pas d'équerre… et le béret : il est bien, à la bonne taille et un peu de guingois.

41.

Légion d'honneur et salopette

Comment se soustraire au mythe ? En l'acceptant. Plutôt que de récuser sa célébrité, cette star des médias avait appris très vite à en jouer pour servir ses combats et faire entendre ses colères. Et le bougre savait se mettre en scène, lui que l'on recevait partout comme une sorte de chef d'État sans État. En vérité, il était très attaché aux récompenses de la République, en particulier à sa Légion d'honneur. On aurait pu imaginer le contraire à la lecture de la célèbre lettre adressée à Pierre Bérégovoy, dans laquelle il déclarait ne pas vouloir la porter aussi longtemps que l'État français refuserait de loger des SDF dans des logements vides. Et il avait tenu bon. La décoration, obtenue en 1992, ne lui avait été remise que neuf ans plus tard par Jacques Chirac, avant que le président ne l'élève au rang de grand-croix de la Légion d'honneur en 2004, pour services rendus à la nation. Quoi qu'il en dise, il n'en était pas peu fier. Sébastien peut en témoigner, lui qu'il avait chargé d'une mission bien particulière :

– Mes neveux et nièces me demandent tout le temps combien il y a de grands-croix, eh bien, je ne le sais pas. Écris à la grande chancellerie pour le leur demander.

Le jeune homme n'était pas dupe. C'était là une coquetterie du grand-père : il voulait savoir combien partageaient avec lui la plus haute distinction de la République française. Jamais toutefois il n'aurait osé l'avouer ! C'est en souriant sous cape que Sébastien s'était exécuté : « Monsieur, je me suis fréquemment interrogé sur le nombre des personnes constituant l'ordre national de la Légion d'honneur. Sans doute ce chiffre est-il d'ordre public. Puis-je vous demander de me rendre le service de m'indiquer pour chacun des échelons de l'ordre le nombre de ses membres : chevalier, officier, commandeur, grand-officier, grand-croix… Signé : Abbé Pierre, grand-croix de la Légion d'honneur. » De façon très matoise, il avait mêlé la seule demande qui l'intéressait avec d'autres qui ne l'intéressaient pas…

Henri, qui n'avait que faire de sa mise, veillait avec un soin jaloux à la bonne place de sa Légion d'honneur sur sa saharienne comme à la blancheur de ses cols romains. Dès que la rosette ternissait, il dépêchait Sébastien chez Arthus-Bertrand pour la renouveler. C'est que si le blanc jaunissait, le rouge se voyait moins bien, prétendait-il ! Quant à ses cols, qu'il trouvait trop larges, il les divisait en deux avec du scotch d'électricien. Sébastien m'a raconté qu'un jour où il devait accompagner Henri aux funérailles d'un de ses parents au Père-Lachaise, celui-ci s'était longuement apprêté. Il avait veillé à ce que son aube soit assez large pour l'enfiler par-dessus sa saharienne. Il avait placé sa Légion d'honneur bien en évidence sur l'étole, avant de plier méticuleusement le tout dans une petite sacoche noire. Au moment du départ, il avait été pris d'un doute :

– Sébastien, toi qui as une bonne vue, peux-tu vérifier que mon insigne n'est pas trop sale ?

– Non mon père, c'est parfait.

– Je vais quand même en changer, par précaution.

Sébastien et Henri étaient montés dans la voiture. Soudain, ce dernier s'était avisé que son secrétaire, en ce début d'été, était en bras de chemise.

– Ce serait mieux que tu mettes un tricot.

– Mais mon père, il fait une chaleur à crever. Je n'ai pas froid.

– Ce n'est pas pour le froid mais ce serait plus… voyons, convenable.

Le jeune homme avait filé mettre une veste. Arrivé au premier feu rouge, l'abbé lui avait chuchoté à l'oreille :

– Dis-moi, mon insigne, là sur ma saharienne, ça va, il est bien ?

Pour lui faire plaisir, Sébastien l'avait à peine déplacé.

– C'est beaucoup mieux ainsi, n'est-ce pas ?

Henri avait acquiescé en soupirant, visiblement heureux. Il avait fait de sa Légion d'honneur une arme de négociation avec les ministres, acceptant de la porter ou la refusant au gré de leur courage en matière de politique du logement. Il n'en était pas à une irrévérence près, lui qui était très espiègle. En 1994, avant d'aller forcer un squat avenue René-Coty, il était allé avec Albert Jacquard chercher toutes ses décorations chez Arthus-Bertrand. Dans un sac à patates, il avait un pied-de-biche et une pince-monseigneur au cas où il lui aurait fallu forcer les portes gardées par les agents.

Dans un pays en voie de déchristianisation, le paradoxe veut que l'icône des Français ait été pendant des années un prêtre. C'est lui qui, en 2004, avait demandé de ne plus y figurer, sous prétexte de « laisser la place aux jeunes ». C'est qu'il avait réussi à nous faire croire en l'homme, avant de nous faire croire en Dieu. En mettant sa médiatisation au service de sa cause, il avait su mobiliser les stars, de Chaplin à Zidane.

En septembre 2001, lors de la deuxième édition du Salon Emmaüs, avait été organisée une gigantesque vente aux enchères. Johnny Hallyday avait offert une guitare et un étui signé de sa main, réunissant une grande collection d'albums. Deux ans plus tard, lors de l'émission « Le printemps ELA », Henri avait soutenu le combat de Zidane en faveur des leucodystrophies, une maladie orpheline. « L'idole des jeunes », quant à lui, était un inconditionnel d'Henri. Un jour, le chanteur avait demandé à le rencontrer. L'abbé l'avait reçu à l'hôtel du Lac, en Suisse. Il aurait fallu voir ça. Après une longue embrassade, Johnny s'était accroupi à ses genoux puis il lui avait montré des centaines de photos. Ils semblaient seuls au monde au milieu des cris de joie d'Hélène qui voulait à tout prix des autographes pour ses enfants. Henri ne laissait personne insensible. Michel Serrault était sorti bouleversé de sa chambre. Avec sa voix inimitable, il ne tarissait pas d'éloges. Laurent s'en souvient encore :

– Vous rendez-vous compte, monsieur Laurent, de la chance extraordinaire que j'ai d'avoir rencontré cet homme qui a tant fait pour le monde ?

– Ce que vous dites est vrai, monsieur Serrault… Mais vous, pendant ce temps-là, vous le faisiez rire !

Le rire et l'imprécation sont-ils si incompatibles ? N'y a-t-il pas des amuseurs publics qui sont parvenus à soulever les consciences ? Coluche était de ceux-là.

Nous sommes au mois de juin 1986. Le comique favori des Français vient de se tuer sur la route de Grasse. Des adolescents aux yeux rougis par l'émotion sont assis devant l'église de Montrouge. Ils écoutent pieusement une voix sortie des haut-parleurs. Cette voix qui évoque l'amour, la joie, la solidarité entre les hommes, c'est celle d'Henri. Pour lui, le partage fondamental de l'humanité ne passe pas entre les croyants et les non-croyants, mais entre les « idolâtres de soi » et les « communiants ». L'humoriste appartient à cette seconde catégorie. « Sous la soutane du curé, il y avait la salopette de Coluche », écrira *Libération* à l'occasion du cinquantième anniversaire de l'appel de février 1954. Entre lui et Henri existe une secrète connivence, bien antérieure à leur première rencontre, le 25 mars 1986.

À l'époque, Michel Colucci n'a qu'une idée en tête, qu'il voudrait réaliser sous les meilleurs auspices. Celui qui disait ne pas être un « nouveau riche » mais un « ancien pauvre » a compris que les plus généreux ne sont pas tant à chercher chez les gens fortunés que chez les humbles. Au moment de lancer Les Restos du cœur, il a mesuré la gravité de la situation, contestée à l'époque par de nombreux médias. Aussi a-t-il immédiatement souhaité rencontrer Henri, ce qui lui a été refusé une première fois. Son étiquette de clown, qui lui colle à la peau, a effrayé l'entourage de l'abbé. Ce refus a toutefois renforcé la motivation de Michel, désireux de montrer à quel point son projet n'a rien à voir avec de la frime ou un coup de pub. Durant des mois, de septembre 1985 à mars 1986, il déploie une énergie telle que les bonnes âmes s'en inquiètent :

– Ne risquez-vous pas de faire de l'ombre aux autres associations ?

– Non, je leur ferai du soleil !

À l'issue de la première campagne, il reste 150 millions de centimes dans les caisses de la toute jeune association. Coluche demande au trésorier de signer un chèque à l'ordre de l'abbé Pierre, qui a accepté de le recevoir. Face à lui, il est redevenu un petit garçon. Pour le coup, la grande gueule qui ne craint personne ne fanfaronne plus. Il est tellement impressionné ! À l'époque, il porte du vernis sur l'ongle du pouce. Sur les photos, on le voit bien. Mais Henri et Michel sont si émus qu'ils n'y font pas attention. Sous la Vierge des pauvres, statue devant laquelle l'abbé Pierre excédé avait rédigé une nuit de 1954 sa lettre au ministre du Logement, Coluche dépose le chèque. Henri lui offre *Le Cantique du soleil*, un poème de saint François d'Assise glorifiant le Seigneur à travers la nature, le soleil, les étoiles, la lune. Devant l'ascenseur, où le vieil homme le raccompagne, il se retourne une dernière fois :

– À bientôt, lui dit-il.

Deux mois plus tard, Coluche se tuait en moto. Il était si modeste qu'il avait craint que son omniprésence à la radio comme à la télévision ne détourne l'attention des Français de l'action du fondateur d'Emmaüs. Au lendemain de son accident mortel, ce dernier avait tenu à rencontrer sa veuve à Charenton. Véronique Colucci était venue accompagnée de sa belle-mère, qui n'était pas pratiquante mais tenait à préciser que Michel avait bien été baptisé. C'est elle d'ailleurs qui lui avait demandé d'officier à l'enterrement de son fils. Avec Patrick Doutreligne, Henri les avait ensuite épaulées pour que la loi relative à la solidarité et au renouvellement urbains (SRU) soit votée, en décembre 2000. Coluche avait un don pour interpeller les autres. Nul ne sait jusqu'où il aurait pu aller. Il aurait pu changer la face de l'action humanitaire et voler la vedette à de nombreux hommes politiques. Comme Henri, qui avait été le premier à s'adresser directement à l'opinion.

42.

« Que des têtes de con » ?

Comme souvent, Jean-François attend Henri à l'aéroport, venu passer quelques jours à Crans-Montana. Il a voyagé avec Édouard Balladur, alors Premier ministre, qui vient lui aussi se reposer un week-end à la montagne. Sur le tarmac attendent les autorités genevoises au grand complet. Le ministre descend la passerelle le premier et s'empresse d'aller serrer la main du chancelier de Genève, touché par cet accueil inattendu.

– Je suis désolé, monsieur le Premier ministre, lui répond l'homme un peu gêné, nous ne sommes pas là pour vous mais pour l'abbé Pierre.

Josiane Balasko, qui accompagne Henri, est pliée de rire. Tel que je le connais, il devait être aux anges, lui qui se montrait parfois si irrévérencieux envers le pouvoir. « Que des têtes de con ! » Sa marionnette ne s'adressait pas ainsi seulement à Dieu. Les hommes politiques qui, à ses yeux, n'en faisaient pas assez pour les sans-abri, étaient également gratifiés de l'injure suprême. Ainsi les malmenait-il, au petit écran, comme dans la vie. Il adorait quand Joseph garait la Twingo rose dans la cour de l'Élysée, où il allait voir

« le grand chef », comme il disait. Henri, qui détestait les chaussures neuves, les délaçait dès qu'il descendait de voiture pour les porter ouvertes. Effet garanti sur les parquets soignés des palais officiels ! Mais il se moquait éperdument de ce qu'on pouvait en penser. Il se contentait d'être lui-même. En 1995, il avait accompagné Bernard Kouchner en Bosnie. Après avoir atterri dans un pays à feu et à sang, ils avaient voyagé en ambulances blindées. On l'avait couché dans la première voiture. Celle des politiques suivait. On roulait à vive allure, tant et si bien que la voiture d'Henri avait filé dans le fossé. Kouchner était affolé :

– Bon Dieu, l'abbé doit être mort !

On avait accouru aux fenêtres du véhicule cabossé. L'illustre passager était toujours sur sa civière... Il dormait ! En prenant soin de ne pas le réveiller, on l'avait transporté dans l'autre voiture. À l'arrivée, Kouchner s'était enquis de son état :

– Alors, mon père, ce voyage ? Pas trop... mouvementé ?

– Parfait ! J'ai bien dormi.

De retour à Paris, Bernard Kouchner avait téléphoné à Laurent pour qu'il vienne chez lui avec Henri. De là, ils se rendraient à Matignon pour faire le compte rendu de leur voyage à Alain Juppé. À leur arrivée rue Guynemer, au domicile du ministre, ils avaient trouvé un Kouchner furibard, en train de hurler au téléphone. Le Premier ministre ne voulait pas recevoir Philippe Herzog, qui les avait accompagnés, sous prétexte qu'il était communiste. Plus question qu'il aille à Matignon.

– Et moi, lui dit Henri, qu'est-ce que je fais ?

– Tu n'as qu'à y aller, Laurent t'emmènera.

– Mais vous m'avez vu, s'exclame Laurent, avec mes sandalettes et ma chemise à fleurs ouverte sur mon ventre ! Je ne peux pas y aller comme ça !

– Mais si ! Il n'y a pas de problème, avait répondu Kouchner qui commençait à s'impatienter.

Soit ! Une heure plus tard, Henri et Laurent étaient dans le bureau de Juppé. La discussion s'était engagée sur le rôle de la France à Sarajevo. Comme d'habitude, l'abbé Pierre avait défendu ses idées avec brio. À la sortie de l'entretien, une meute de journalistes l'attendait. Il s'était prêté avec bonne grâce aux objectifs. Quelques minutes après, dans la voiture, se tournant vers Laurent avec un sourire de contentement aux lèvres, il l'avait questionné.

– Tu as vu tous ces journalistes ?

– Oui, c'était vraiment incroyable tous ces gens pour vous.

– Mais pas du tout ! Tu n'as pas vu ? Ils en pinçaient tous pour ta chemise et tes tongs. Les photographes n'arrêtaient pas de les mitrailler.

Qu'on ne croie pas que les facéties d'Henri venaient de son désintérêt pour la politique. Lui qui, de 1945 à 1951, avait bataillé avec ardeur à l'Assemblée, y attachait la plus grande importance. Du moins tant qu'elle incluait l'amour et la faim de justice. Dès qu'un nouveau ministre du Logement ou des Affaires sociales arrivait en poste, il allait le voir, son cahier à spirale sous le bras pour ne rien perdre de l'entretien. Et qu'importe qu'il soit de droite ou de gauche. Lui-même avait toujours tenu secrètes ses orientations politiques. En 1990, avec André Chaudières, le premier président de la Fondation Abbé-Pierre, il avait demandé audience à Louis Besson, alors en charge du Logement dans le gouvernement Rocard. Dans une petite ville du Var, la Sonacotra voulait construire un foyer pour travailleurs immigrés. Bien que le terrain soit constructible, la mairie avait fait valoir, sous un prétexte fallacieux, son droit de préemption urbain. Henri comme Chaudières, qui soutenaient l'association API Provence, ne l'entendaient pas de cette oreille. Pour eux, l'utilisation de ce droit devait aider au contraire à la création de davantage de logements sociaux, en donnant une préférence à la commune sur les projets privés. De l'entretien, qui avait duré presque deux heures, était née la fameuse loi interdisant le droit de préemption aux communes qui ne comportaient pas 20 % de logements sociaux. Des années plus tard, Christine Boutin était venue le consulter à l'occasion d'une mission sur le lien social, que lui avait confiée Jean-Pierre Raffarin. Henri l'avait accueillie à bras ouverts. Sa très grande disposition au pardon et son amour de tous l'avaient frappée. Pour lui, il était possible de restaurer la dignité de tout homme à condition que cela ne devienne pas synonyme d'assistanat. C'était même tout le contraire. Quand elle lui avait parlé de la reconnaissance juridique du statut de « compagnon d'Emmaüs », Henri s'était récrié :

– Ce n'est pas trop tôt ! Vous vous rendez compte, il aura fallu cinquante ans !

Christine Boutin, qui aurait pu en être outrée, ne lui avait pas tenu rigueur de l'aveu qu'il avait fait, quatre ans plus tard, dans son livre-confession. Elle laissait ce genre de réactions aux pharisiens, et défiait quiconque, comme elle me l'avait confié, « de traverser le temps terrestre dans sa pureté de cristal ». Quant au statut juridique des compagnons, elle l'avait demandé à Jean-Pierre Raffarin, sans succès. Il allait être voté en 2007, à l'occasion du débat sur le RSA mené par Martin Hirsch. À cette nouvelle, tous les députés s'étaient levés dans l'hémicycle pour applaudir Emmaüs ! Henri aurait été bouleversé !

– Je vais envoyer un mail à son frère, m'avait dit Laurent, fou de joie.

– Pourquoi ne l'envoies-tu pas plutôt au Paradis ? avais-je rétorqué en riant.

43.

L'affaire Garaudy

Au milieu des années 1990, l'abbé Pierre jouit d'un extraordinaire crédit, en France comme à l'étranger. En 1988, un sondage ne l'a-t-il pas sacré « meilleur défenseur des droits de l'homme » ? Son soutien à une cause vaut un brevet de validité et une promesse de succès. De partout, on vient le solliciter à propos de toutes les querelles de la planète. On tente de le convaincre, de susciter la colère vengeresse qui le poussera à agir. Comme à l'accoutumée, Henri descend dans l'arène par le biais de l'indignation. Mais la colère, même sainte, est parfois mauvaise conseillère. Il est des cas où, pour ne pas se laisser abuser, il est important de connaître les subtilités du dossier que l'on défend. Ainsi, lors de l'affaire Garaudy, sa légèreté lui fut-elle fatale, en le précipitant tête la première dans l'embuscade tendue. Lui qui était parti la fleur au fusil se trouva bien vite démuni quand la bise fut venue. « J'ai consenti à des situations devant lesquelles soit on fiche le camp – on ferme les yeux, on n'a rien vu –, soit on a l'imprudence d'y mettre le petit doigt et alors on n'en sort plus ! » Dans ces trois lignes, issues de son livre *Testament*, tout est dit… ou presque. En 1996, son soutien à Roger Garaudy, qui vient de publier *Les Mythes fondateurs de la nation israélienne,* livre ouvertement révisionniste, va entraîner Henri dans un terrible engrenage. Il traverse alors une épreuve tout aussi cruelle que celle qu'il a connue en 1957, quand il est écarté du mouvement Emmaüs. À la fin du mois d'avril, la tourmente qui s'abat sur lui conduit le quarteron des braves – Laurent, Jean-Marie, Franco et Raymond – à voler à son secours. Ils foncent tout droit à Esteville, où ils arrivent avec une seule question aux lèvres.

– Père, que se passe-t-il ? On ne parle que de vous ! Il faut se rendre à l'évidence : cette fois, c'est grave.

Henri les regarde l'air perdu, avant de leur répondre, d'une voix presque inaudible :

– Moi, ça me fait mal que *La Croix* écrive des horreurs pareilles sur Garaudy.

Il est là, le fin mot de l'histoire : un vieux copain est à terre, il faut le sauver, un point c'est tout ! C'est une règle, une hygiène de vie. Franco est dans tous ses états :

– Mais, père, tout de même, vous avez lu, n'est-ce pas, ce qu'a écrit Garaudy ?

– Non ! Mais des gens très compétents en lesquels j'ai toute confiance l'ont fait pour moi et m'ont rassuré.

– Père, qui sont ces gens « très compétents » ?

Ce n'est pas la première fois qu'Henri fait appel à des proches pour le guider dans ses jugements. Au moment de l'épineux problème bosniaque, il s'en était remis à Bernard Kouchner. Dans sa lutte pour le droit au logement, il avait été épaulé par André Jacquard et Léon Schwartzenberg. Il ne s'en cachait pas.

Mais là, motus et bouche cousue. Les mousquetaires d'Emmaüs ont toutefois leur petite idée sur l'identité de ces mystérieux conseillers. Il ne faut d'ailleurs pas longtemps à l'abbé pour cracher le morceau.

– Ce sont les responsables d'Esteville. Ils ont lu le livre et ils m'ont dit qu'il était très bien !

Si ces catholiques traditionalistes se mettent à servir à Henri de guides philosophiques, alors là, il faut s'inquiéter. Les réprimandes que Laurent et Jean-Marie leur adresseront plus tard ne changeront rien. Le mal est fait. Henri est à bout. On ne peut pas le laisser là, entre leurs griffes. Il faut le sauver, malgré lui. La décision des quatre hommes est vite prise : ce sera l'exil en Italie, dans l'abbaye bénédictine Santa Maria Assunta de Praglia, à quelques kilomètres de Padoue. Au fond de la grande plaine bordée par les collines Colli Euganei, qu'il connaît pour y être allé l'année précédente, on espère qu'il retrouvera un peu de sérénité. Sur-le-champ, Franco lui coupe les cheveux pour qu'il soit beau. La douceur de la campagne vénète fera le reste.

44.

Une connerie inexcusable

Tout a commencé en 1996, à la veille de la Pentecôte. Le printemps tarde. La pluie et la grêle préludent à la tempête à venir, quand Henri reçoit par la poste un livre, gentiment dédicacé par Roger Garaudy. Il ne le lit pas, mais il remercie l'auteur, en lui renouvelant l'expression d'une amitié qui date du temps où ils siégeaient côte à côte au Palais-Bourbon, en 1951. L'abbé ignore alors que la presse fait ses choux gras du livre de son copain. Descendu en flammes par les médias, l'ancien militant virulent du parti communiste appelle à l'aide son vieil ami. Le tour est joué : Henri a-t-il déjà fermé sa porte aux siens ? Garaudy le sait. L'écrivain décrié s'empresse de rendre public le soutien de plusieurs personnalités – il y en a toujours hélas pour soutenir les mauvaises causes – et brandit la réponse de l'abbé. Le père Lelong, qui est mis en cause, dément aussitôt, mais Henri, lui, confirme. Les médias, qui n'en demandaient pas tant, se ruent sur l'affaire. Ce n'est pas tous les jours que l'on peut se mettre sous la dent à la fois l'État d'Israël, un philosophe qui sent le soufre et le curé le plus célèbre de France, sur fond de révisionnisme !

Le 26 avril, Roger Garaudy fait l'objet d'une plainte avec constitution de partie civile pour « négation de crimes contre l'humanité ». Faire marche arrière parce qu'un ami est traîné devant les tribunaux ? Qu'à Dieu ne plaise ! Sous les coups, comme à son habitude, Henri se dresse sur ses ergots et fonce bille en tête. À ceux qui veulent la peau de « ce salaud de Garaudy », il répond : « Je ne le lâcherai pas ! » Trois jours plus tard, dans l'entretien qu'il accorde à un journaliste de *Libération*, il affirme que la Shoah est un sujet sur lequel le débat n'est pas clos. S'il croit bien faire, c'est raté. La polémique enfle. « Décidément, il nous aura tout fait », soupire l'Église pendant que ses proches, consternés, s'interrogent : mais quelle mouche a bien pu le piquer ? Le 29 avril, monseigneur Poulain et le père Dujardin, respectivement président et secrétaire du Comité épiscopal pour les relations avec le judaïsme, publient un texte en six points dans lequel ils prennent leurs distances avec Henri, exclu sur-le-champ du comité d'honneur de la LICRA, dont il est membre depuis trente ans.

Le mouvement Emmaüs, au comble de l'inquiétude, fait entendre dans un communiqué une profession de foi bien différente de celle de son fondateur, exfiltré en Italie. Il doit abandonner cette étrange idée d'un « colloque » d'historiens, sorte de duel à la loyale entre la vérité et le mensonge. On ne juge pas en appel le procès de Nuremberg ! Voilà bien l'évidence que lui ont rappelée, après de longs conciliabules, le grand rabbin et le président du Consistoire central juif de France. On pense l'affaire close. Henri est revenu sur son soutien à Garaudy, l'Église de

France et Emmaüs sont lavés de tout soupçon de complicité. Mais Garaudy n'est pas homme à accepter d'avoir tort. Il harcèle son protecteur au téléphone, jusque dans sa retraite italienne. Deux jours durant, il se lamente. Il est victime d'une conspiration, qu'y peut-il ? Dans un entretien qu'il accorde le 31 mai au *Corriere della Sera,* Henri donne de l'affaire la version soufflée par son ami. Des journalistes malveillants ont extrapolé, à partir de quelques phrases sorties de leur contexte, pour accuser Garaudy, à tort, de révisionnisme, lâche-t-il, énervé. Quant à lui, l'Église est intervenue pour le faire taire, « sous la pression d'une presse inspirée par le lobby juif international ». Patatras ! Une telle phraséologie lui est fatale. Laurent tranche sans pitié :

– C'est la première fois que l'on se rendait compte que le grand-père était vieux. Pas sénile, mais vieux !

D'après son secrétaire, qui ne lui a jamais pardonné cette terrible incartade, Henri aurait eu besoin de temps pour dire ce qu'il avait à dire. Mais chacun sait bien que les médias courent la poste. Il se faisait piéger à tous les coups car il n'avait plus – l'avait-il jamais eu d'ailleurs ? – l'art de la formule brève et percutante. Il s'enferrait. Le journaliste Marc Maisonneuve, qui l'avait pris en pitié, l'avait mis en garde :

– Mon père, méfiez-vous des journalistes qui viennent vous interviewer, ils vont essayer de vous avoir !

Le drame, c'est que l'abbé, crédule, n'y voyait que du feu. Et Laurent de rajouter, pour illustrer son propos :

– Je me souviens du jour où il nous avait fait lire l'article qu'il avait préparé pour *Le Monde*, un papier alambiqué, truffé d'âneries inacceptables.

Laurent et Jean-Marie avaient fait la moue. De rage, Henri l'avait alors jeté à terre, en s'écriant :

– Puisque c'est ainsi, vous n'avez qu'à le faire !

« Le fondateur d'Emmaüs ressuscite un cliché inspiré par l'antisémitisme le plus éculé », observe Henri Tincq dans *Le Monde* daté du 2 juin 1996. Le CRIF est atterré. On cherche partout les raisons d'une telle obstination. L'amitié ? C'en est une. Mais on évoque aussi ce voyage deux mois auparavant en Palestine, où Henri a été invité. Avec sa fougue habituelle, il a pris fait et cause pour les Palestiniens opprimés. N'a-t-il pas oublié au passage que si l'antisionisme peut passer pour une opinion, l'antisémitisme est une infamie ? Le livre de Garaudy a outrepassé la seule défense du peuple palestinien. Dans un texte remis à la *Tribune juive* et gardé sous le coude un mois durant, avec l'espoir que l'abbé fasse amende honorable, le cardinal Lustiger contre-attaque. C'est tout l'acquis de Vatican II, la révocation solennelle par l'Église de l'appellation de « peuple déicide », qui est en jeu. Il faut d'urgence réfuter l'argument par lequel, en se fondant sur les massacres rapportés par le Livre de Josué, Henri a retourné contre le peuple juif l'accusation de génocide, en faisant valoir un épisode après l'adoration du veau d'or. Pour ce dernier, c'en est trop. Lorsqu'il aura Lustiger plus tard au bout du fil, il ne manquera pas de lui dire ce qu'il pense de toute cette cabale. À vrai dire, il n'a pas à attendre longtemps. Un jour qu'il est en grande conversation avec Franco et Jean-Marie, comme souvent depuis quelques mois, le téléphone sonne. C'est monseigneur Lustiger.

– Père, je venais prendre de vos nouvelles.

Et Henri de répondre, fort en colère :

– J'ai appris dans l'Évangile que l'on doit s'expliquer loyalement quand ça ne va pas. Pourquoi l'Église de France croit-elle alors charitable de publier un papier contre moi sans même me prévenir ? Pourquoi ? Pourquoi ?

– Mon père, nous étions tellement occupés que nous n'avons pas songé à vous en parler !

Il vaut mieux entendre cela que d'être sourd, comme dirait le dicton populaire. Parmi les grands apôtres de la pauvreté, le cardinal Lustiger, d'origine juive, n'a jamais caché sa préférence pour le père Joseph Wresinski, le fondateur d'ATD Quart Monde, d'origine polonaise comme lui. Avec Lustiger, c'est toute l'Église qui lâche Henri. Jacques Gaillot, à qui Jean-Marie écrit sèchement, n'est pas en reste. Comment a-t-il pu rédiger un papier si dur au sujet d'Henri sans le lui dire, lui qui était venu se réfugier à Esteville au moment de ses démêlés avec le haut clergé ? Pourquoi l'Église de France a-t-elle cru de charité chrétienne de faire paraître son communiqué dans le secret ? Sans doute rétorquerait-elle que monseigneur Poulain s'est fendu d'un billet préalable à Jean-Marie, prétendant qu'au moment de rédiger le communiqué, il avait appris qu'une importante personnalité épiscopale s'était efforcée, avant le lancement de l'affaire, de dissuader l'abbé Pierre, sans résultat. Les sommets de l'hypocrisie sont atteints.

Poulain ne cite pas le nom de l'« important » et

l'Église, dont c'est le métier d'espérer contre toute espérance, botte en touche avant de tout faire pour ramener l'abbé au bercail. Là où Henri ne voyait qu'une preuve d'amitié, voilà qu'on lui reproche la pire des infamies. L'incompréhension est le maître mot de cette affaire, qui n'aurait jamais dû se prolonger au-delà de quinze jours. Mais sur le chemin de croix d'Henri, il s'est trouvé des bonnes âmes pour jeter de l'huile sur le feu. Parmi tous ceux qui se flattent d'être les amis de l'icône, beaucoup choisissent de hurler avec les loups et le livrent à la vindicte générale plutôt que de lui téléphoner et de lui faire part de leur désaccord. Ainsi Bernard Kouchner préfère-t-il, pour exprimer son désaveu, la tribune du *Monde* à une conversation avec son vieux copain, les yeux dans les yeux : « Tu m'as fait de la peine, mon père, je ne m'en remets pas. » D'autres, parmi ses proches, deviennent subitement muets ou se volatilisent, comme par magie. Et puis enfin, il y a les esprits malicieux, qui feignent d'ignorer le danger, en vertu du don d'insolence d'Henri.

– Mais père, vous avez bien le droit d'écrire tout ce que vous voulez, si ça vous chante.

Traité avec plus de ménagement, il aurait sans doute fait marche arrière plus tôt, conscient de la gravité de son erreur. Sa prodigieuse obstination, son indifférence aux critiques, son tempérament insoumis, sa fidélité inconditionnelle à ses amis l'empêchent de reconnaître qu'il a fait fausse route. D'acteur de sa vie, il devient spectateur. « L'abbé Pierre manipulé ? » titre *Le Journal du dimanche* du 28 avril 1996. Le point d'interrogation, ajouté par courtoisie, ne trompe personne. Dans *Le Figaro*, qui a tant soutenu son combat, Alain-Gérard Slama écrit que son soutien à Garaudy « autorise à se demander si la vieillesse ne remettrait pas en question de façon irréparable le sens que le fondateur d'Emmaüs voulait donner à sa vie ». Quoi de plus fascinant que de voir une idole tomber de son piédestal ?

Sur une couverture de *L'Express* s'étale, sous une photo particulièrement pitoyable d'Henri, ce titre : « Qu'est-ce qui a fait chuter l'abbé Pierre ? » Les rumeurs les plus folles courent alors, relayées par les médias. Les politiques l'accusent d'avoir préfacé le livre de Garaudy, alors qu'il n'en a découvert l'existence qu'après l'avoir reçu, plusieurs semaines après sa parution ! Quant aux échotiers, au mépris de leur déontologie, ils accusent l'abbé Pierre et son entourage d'être proches des Brigades rouges. Quelle meilleure allégation pour aggraver son cas ? Et quel scoop ! C'est connu, on ne prête qu'aux riches. L'icône des Français à la fois « révisionniste » et « terroriste », c'est du pain bénit pour une chasse aux sorcières menée en bonne et due forme ! Jamais je n'avais senti Henri aussi malheureux. Il était écœuré du procès qu'on lui faisait, lui qui était devenu, à son corps défendant, l'avocat d'une cause plus que douteuse.

– Pierre, figure-toi qu'un journaliste m'a demandé ce matin si je ne craignais pas de perdre ma première place au profit du commandant Cousteau ! Qu'en ai-je à faire ? Lorsque j'irai le rejoindre, Jésus me demandera-t-il ma place dans le hit-parade du *JDD* ?

45.

« Il n'y a qu'Etchegaray pour le sauver »

Au début du mois de juillet, alors que l'affaire dure déjà depuis six mois, Jean-Marie, qui n'a peur de rien, écrit au président de l'Assemblée des évêques de France. Il est temps que la curée cesse ! Auprès de l'entourage de l'abbé, il ne décolère pas :

– Il n'y a qu'Etchegaray pour le sortir de là !

Voilà subitement le quarteron en route pour le Vatican où le cardinal Etchegaray accueille Henri en larmes.

– Je viens de lire une très bonne page de Roger Garaudy dans *Paroles d'hommes,* vous savez !

C'est dire si le cardinal le reçoit bien. À sa table, où il l'a convié, il lui fait servir un festin de roi. Cette fois, Henri ne fait pas la fine bouche. Il n'en a plus la force.

– Père, si j'ai bonne mémoire, il me semble que vous adorez le saumon ?

– J'en raffole, c'est vrai. Mais je n'en mange que très rarement.

Il n'en faut pas plus pour qu'à l'issue de sa visite, l'excommunié s'en retourne ému et rasséréné. Il exulte. Le cardinal Etchegaray avait su trouver les mots pour le rassurer.

– Mes amis, j'existe, oui, j'existe !

Il se met alors à rédiger une lettre qu'il fait paraître le 22 juillet dans *La Croix.* Il retire enfin ses propos, s'en remettant entièrement aux seules opinions des experts de l'Église, et demande pardon à ceux qu'il a pu blesser. Parallèlement, il écrit à son « frère » Garaudy, qu'il assure de son amitié et de sa confiance. Il croit encore dans la détermination de l'homme à corriger ses erreurs, si des preuves lui en sont données. Un an plus tard, il confesse, dans ses *Mémoires d'un croyant* : « J'ai tout entendu : "L'abbé Pierre est antisémite, il est sénile, il est devenu lepéniste." Depuis j'ai retiré mes propos et j'ai demandé pardon. Au plus profond de moi, il y avait la douleur dont je savais que souffraient beaucoup de personnes auxquelles toute ma vie m'avait étroitement lié, en particulier mes frères juifs… » Depuis, lui a-t-on accordé ce pardon qu'il implorait ? Ce n'est pas certain. Le jour de ses obsèques à Notre-Dame de Paris, il n'y avait aucun représentant officiel des institutions juives.

En tout cas, Henri a pardonné, lui, à Garaudy. Très peu de jours avant de mourir, il s'était rendu chez son ami, dans sa petite maison de Chenevières sur les bords de Marne. Le philosophe lui avait ouvert la porte en chaussons. Les deux petits vieux s'étaient alors embrassés. Tout au long de l'après-midi, ils avaient préféré évoquer les souvenirs anciens plutôt que de parler de l'affaire, de peur de se disputer. En se quittant, ils savaient très bien qu'ils ne se reverraient plus. Mais Henri était reparti l'âme en paix, libéré du poids d'avoir abandonné un ami. Pour ma part, ma conviction est faite. Comme chacun de nous, l'abbé Pierre a fait des erreurs dans sa vie, dont on l'absout au regard de son œuvre immense. Mais cette erreur-là, c'était une connerie magistrale qu'on ne peut lui pardonner complètement. Certes, il n'a jamais été révisionniste et je conseille à ceux qui en douteraient encore de se plonger toutes affaires cessantes dans *Testament*, paru en 1997. Qu'y liraient-ils ? Une horreur absolue de la Shoah, crime des crimes, « parce que du sacré a été touché ». Outre le fait que pour lui, « il serait lâche et dangereux de vouloir échapper à l'effroi en oubliant », oublier reviendrait à « tricher avec l'histoire, à tricher avec soi-même ». Ainsi écrit-il encore appartenir à cette génération qui « a découvert le pire des outrages faits à l'humanité ». Il n'empêche que celui qui était entré dans la Résistance à cause des droits bafoués des juifs a bel et bien défendu Garaudy.

Henri antisémite ? S'il y a bien un lieu au monde où cette question ne se pose pas, c'est en Suisse. Et pour cause : c'est à Genève que Georges Chevieux a rassemblé toute une documentation, nourrie de témoignages, qui prouve qu'il a sauvé des juifs durant la Seconde Guerre mondiale. En ce début d'été caniculaire, Georges m'attendait au siège d'Emmaüs, où il avait convié le chancelier de Genève. Les présentations faites, je m'étais empressé de le questionner :

– Comment se fait-il que nous n'ayons trouvé personne pour témoigner en faveur d'Henri au moment de l'affaire ? Lui qui était un Juste !

– Le seul élément en sa défaveur, c'est que les témoins de ses actes de résistant n'étaient plus là. Et puis, il ne l'a pas fait pour qu'on l'écrive.

Georges avait acquiescé.

– On s'y est pris trop tard. Il y a trois ans encore, le fameux rabbin Job était encore vivant. Je t'ai donné les témoignages. Mais le consul général, à qui j'ai remis tout le dossier, prétend qu'il ne peut rien faire. Sans doute à cause de l'émoi provoqué par l'affaire.

– C'est décidément dans l'air du temps cette suspicion, rajoutai-je. J'ai reçu récemment un jeune journaliste qui voulait savoir au nom de quoi on pouvait attribuer le titre de « Juste » à Henri.

Quand le représentant d'Israël était venu en France pour l'attribution du titre, celui-ci avait dit qu'il fallait un témoignage vivant. La télévision allemande avait bien diffusé un documentaire dans lequel une survivante de la Shoah affirmait que c'était bel et bien l'abbé Pierre qui l'avait fait passer de l'autre côté de la frontière suisse. Mais impossible de retrouver ce témoignage dans les archives. Qu'importe ! L'essentiel, c'est qu'il l'ait fait, et Georges avait réuni un tel faisceau de présomptions qu'on ne pouvait en douter. Le grand rabbin d'Israël, qui s'était d'abord montré très réticent à l'idée que l'abbé Pierre puisse recevoir la médaille des Justes avait finalement donné son feu vert. La décision finale revenait toutefois à l'organisme du Yad Vashem. Henri, lui, s'en moquait. Il se souvenait de ceux qu'il avait sauvés pendant la guerre, c'est la seule chose qui comptait. Bien des années plus tard, il évoquait encore la visite de cet homme, une nuit de juillet 1942. Un ingénieur, juif, qui, en rentrant chez lui après une partie de cartes, avait trouvé sa porte fracturée. À l'intérieur, il n'y avait plus âme qui vive. Sa femme et ses enfants avaient été emmenés. Ses voisins lui avaient conseillé de fuir. Il avait alors erré toute la nuit avant de venir frapper, hagard, à la porte d'Henri.

– Sauvez-nous, je vous en supplie.

Ainsi avait-il été le premier qu'Henri avait caché, comme il le ferait avec d'autres ensuite. Il les plaçait en lieu sûr, chez des amis, dans les pensionnats ou les orphelinats. À Grenoble, sa petite chambre, au premier étage de la place Lavalette, était devenue un lieu d'asile. Il avait créé des filières qui, de proche en proche, dirigeaient les persécutés vers la frontière franco-suisse. Devenu expert en fausses cartes d'identité, il passait des nuits à fabriquer des papiers pour ses protégés. Volets clos, on sortait de leur cachette des modèles de tampons. Pendant la journée, il fallait bien poursuivre une activité normale pour ne pas éveiller les soupçons. Jean-Marie m'a souvent parlé de ces jeunes qui avaient réalisé un travail formidable, sous la coupe de Sébastien, en rééditant l'opuscule qu'Henri avait écrit durant sa clandestinité. À cette occasion, en menant l'enquête auprès du musée de la Résistance à Grenoble, ils avaient retrouvé la trace d'un vieux curé, riche de souvenirs. C'est lui qui leur avait raconté comment, pendant que monseigneur Caillot, qui était pétainiste, exhortait en chaire les jeunes à partir pour le STO, l'abbé Grouès distribuait des tracts dans l'église à tous les fidèles. Il hurlait :

– Ne l'écoutez pas ! N'y allez pas.

À l'époque déjà, Henri, comme Roncalli, le futur Jean XXIII, n'avait pas attendu Vatican II pour rayer de son missel l'expression de « peuple déicide » !

46.

Quitte à y laisser des plumes

En 1996, l'abbé quitte Esteville pour son repaire d'Emmaüs International à Alfortville. Un rez-de-chaussée où, disait-il souvent en plaisantant, on élevait des escargots avant qu'il vienne s'y installer. La fièvre soulevée par l'affaire Garaudy est retombée, mais Henri n'a pas tourné la page. Il continue à s'empêtrer dans de confuses tentatives de justification et offre à ses familiers le spectacle de ses colères. Parmi ses fidèles, il suscite deux réactions opposées : les uns s'écartent de lui quand les autres resserrent les rangs. Le mouvement Emmaüs chancelle. Le vieux clivage entre la personne et son œuvre, entre l'icône et le terrain, resurgit. La seconde rassemble alors que la première, contestée, est plutôt de nature à séparer. Le paradoxe est patent : la clef de voûte du mouvement est en même temps son maillon faible. Son fondateur prend ses distances avec Emmaüs. S'il fait bonne figure aux assemblées générales, il se garde bien d'aborder les sujets qui lui tiennent à cœur, de peur de fâcher.

Le grand public, lui, a fait la part des choses. On continue à le saluer avec effusion où qu'il aille, comme pour l'assurer d'une affection sans cesse renouvelée. Le bon sens populaire rejoint la subtilité du cardinal Etchegaray, qui a tout compris du malentendu. De son côté, le vieux soldat ne cesse pas de lutter. Il s'empare d'idées nouvelles pour les soutenir ou pour les combattre. Et surtout, fidèle à ses préceptes de la première heure, il n'abandonne jamais personne. Il lui faut se mêler de tout.

Jusqu'à ses derniers jours, au Val-de-Grâce, il n'en démordra pas. Ainsi, alors qu'à plus de 90 ans il pourrait aspirer à la tranquillité, Henri est de tous les combats, grands ou petits. C'est vital pour lui. Devant les ennuis d'autrui, il n'existe plus. La seule chose qui compte, c'est de secourir celui qui souffre, quitte à y perdre des plumes, quitte à risquer sa notoriété s'il le faut. Il n'a jamais levé le pied. Les cinq dernières années de sa vie, il est allé en Algérie et au Burkina Faso, une dizaine de fois en Suisse et en Italie. Chaque voyage permet de mesurer sa popularité. Et pendant ce temps, lors de ses haltes à Alfortville, il continue à vivre la porte ouverte à toutes les plaintes et les requêtes, toujours prêt à soulever des montagnes. Une pauvre femme de 80 ans, ayant fauté dans sa jeunesse avec un curé, implore le pardon. Un colonel, qui n'a pas pu accéder au rang de général, suite à une injustice notoire, réclame vengeance. Un petit vieux, qui se sent persécuté par l'UMP de son village, veut qu'il téléphone à Chirac. D'innombrables sans-papiers, aussi, jusqu'à cette étrange fille qui, ayant lu quelque part les faiblesses d'Henri, a besoin de sa bénédiction pour le casting porno qu'elle va passer l'après-midi. De plus, elle qui s'est fait opérer pour devenir un homme attend d'Henri qu'il l'aide à obtenir des papiers d'identité plus en adéquation avec son nouvel état. Bref, une détresse inimaginable, pas toujours au goût du mouvement Emmaüs. Laurent est alors obligé de composer avec chacun. Combien de fois ne s'est-il pas senti écartelé entre son devoir et la tendresse infinie qu'il vouait à Henri ?

En 2002, Henri reçoit la visite de Philippe Matsakos, qu'il connaît bien. Sur les conseils de Jean-Pierre Bloch, le président d'honneur de la LICRA, Matsakos l'avait appelé sur sa ligne directe, quatre ans auparavant. Il est médiateur-conciliateur. Son métier consiste à trouver, avec les entreprises, des solutions en amont des procédures juridiques pour débrouiller des affaires délicates. À l'époque, il était très embêté. Un grand groupe américain, qui avait racheté dans le cadre d'une vente de bienfaisance les actifs d'une compagnie d'assurances française, était coincé avec l'un de ses immeubles, squatté par le DAL (l'association Droit au logement). C'est lui qui était en charge des négociations. Pas question toutefois d'une solution qui se serait passée de reloger de manière convenable tous les habitants de l'endroit. Aussitôt dit, aussitôt fait.

Matsakos avait appelé Henri, qui l'avait invité à venir le voir le lendemain à Alfortville, après sa sieste. Après avoir attendu un peu, l'abbé était arrivé avec Hélène. Dans sa chambre, où il l'avait reçu, il s'était enquis de l'état civil de Matsakos, et avait noté avec beaucoup de soin le nom et la date de naissance de chacun de ses sept enfants. Puis ils avaient parlé de tout et de rien, sans jamais aborder le sujet pour lequel l'homme d'affaires était venu. Ce n'est qu'au moment de son départ, peu avant la messe, qu'il lui avait touché deux mots dans le couloir de ce qui l'amenait. Henri lui avait alors donné le numéro de téléphone de quelqu'un qui pourrait l'aider. L'affaire, même si cela avait pris du temps, s'était arrangée. Matsakos, de son côté, l'avait tenu régulièrement informé. Les deux hommes avaient fini par se lier d'amitié. De temps à autre, Philippe allait le rejoindre à Esteville. Il le ramenait le soir avec lui à Paris. Sur le chemin du retour, l'abbé Pierre s'endormait alors avec le chien sur les genoux, le béret de travers. Aussi, lorsqu'il frappe à nouveau à sa porte en février 2002, Henri n'est-il pas surpris. Matsakos a un dossier très embarrassant sur les bras. Des petits transporteurs pris dans une histoire d'esclavage moderne. Mais il a un plan pour les soutenir et mettre à mal le patron qui utilise ces sous-traitants et les martyrise. Un plan que l'on pourrait étendre aux petites et aux moyennes entreprises. Henri se montre très intéressé. Les choses ont changé depuis cinquante ans, lui soutient l'homme d'affaires. La misère est maintenant camouflée. Il faut inciter les gens à créer leurs propres ressources.

Henri n'est féru ni d'économie ni de finances, mais il comprend le fond du sujet. Il demande à son interlocuteur d'approfondir ses théories, qu'il trouve un peu vagues, et lui fait lire des dizaines de livres. Mais il ne s'arrête pas là. Avec lui, il aborde tous les sujets qui lui tiennent à cœur. Ainsi le conseille-t-il beaucoup et l'éclaire-t-il sur de nombreux aspects de sa vie. Si Philippe est très « copain » avec Henri, comme il dit, il n'est pas toujours d'accord avec l'abbé. Qu'importe ! Ce que ce dernier voit surtout chez lui, c'est qu'il a un projet qui peut le tirer d'une situation dramatique. Après la faillite de son entreprise, Matsakos est passé plusieurs fois devant les tribunaux. Les huissiers l'ont dépouillé de tous ses biens. Aussi Henri lui prête-t-il de l'argent et, malgré sa fatigue, appelle les plus hauts dignitaires de l'État pour leur présenter le projet de son protégé. Le sans-gêne total ne l'effraie pas quand il croit à sa cause. Il l'accompagne chez Dominique de Villepin et chez Jean-Pierre Raffarin. Le Premier ministre se montre cordial et fraternel. L'entretien dure presque une heure. Mais très vite Philippe s'aperçoit que la machine administrative est grippée. D'autre part, des tensions internes au mouvement Emmaüs se font jour. Alors qu'il est en déplacement à Singapour, Martin appelle Laurent :

– Il faut que l'abbé cesse ses relations avec Matsakos. C'est un étrange personnage. Villepin n'en peut plus.

Henri, qui a compris à l'intonation de Laurent ce qui se trame, s'empare du téléphone, en rogne :

– Ce n'est pas vrai, son dossier n'est pas pourri ! Je connais très bien Philippe. Je crois en lui.

Depuis, Philippe est à la tête de l'AFEVE, une association qui apporte une assistance bénévole aux entrepreneurs.

47.

Du rififi chez les bonnes sœurs

Emmaüs Genève compte parmi ses sympathisants Jean-François, le commandant des services de sécurité de l'aéroport de Genève. C'est souvent lui qui s'occupe d'Henri quand il arrive en Suisse. Il l'attend à l'aéroport au volant d'une voiture rouge écarlate. Henri, tout à la joie de retrouver ses Alpes, n'en a que faire, malgré les scrupules du colonel.

– Excusez-moi, mon père, pour cette voiture indigne de vous.

– Si vous saviez ce que j'ai vu, vous ne seriez plus inquiet.

– N'oubliez pas pour autant de mettre votre ceinture.

– Et vous, alors ? Vous ne la mettez pas ?

– Mon grade m'en dispense.

– Depuis quand être colonel dispense aussi de montrer l'exemple ?

Ce jour de janvier 2005, Jean-François n'est pas d'humeur à plaisanter. Il semble même très préoccupé. Mélanie, sa fille, est rentrée dans les ordres. Elle vit depuis quelques années dans une congrégation du côté de Roanne. Une petite communauté d'une trentaine de religieuses, dirigée par sœur Myriam. Mais d'après ce que lui a confié l'un de ses amis, dont la fille est l'une de ces sœurs, la mère supérieure se conduit en gourou. Peu s'en faut, à l'en croire, que le couvent ne soit plutôt une secte. Sœur Myriam terrorise les nonnes, qui vivent dans la peur permanente. Devant ces dérives, il a porté plainte pour maltraitance. Les journaux se sont emparés du scoop, l'affaire prend des proportions inimaginables. Sous la coupe d'une mère supérieure colérique et abusive, les sœurs se flagellent, lit-on ici, et mangent par terre dans des écuelles, lit-on ailleurs. Henri, devant tous ces détails, ne tient plus en place. Il lui faut agir. À peine Jean-François a-t-il achevé son histoire qu'il a déjà téléphoné aux autorités religieuses de Lyon pour obtenir au colonel un rendez-vous avec le primat des Gaules. Reste maintenant à convaincre Laurent de s'embarquer avec eux dans l'affaire. De retour à Alfortville, il saute sur Laurent.

– Il faut que tu m'accompagnes à Lyon lundi prochain. On rejoindra là-bas Jean-François et nous passerons la nuit à Irigny. Nous avons rendez-vous le lendemain avec le cardinal Barbarin, puis suivant le déroulement des opérations, nous irons à Roanne et de là, le mercredi, je retournerai sur Genève.

Et dire que si on l'écoute, il est toujours mourant ! « À peine trente minutes debout, il faut que j'aille me coucher », dit-il à qui veut l'entendre. Mais Laurent est passé maître dans l'art de le ressusciter. Lui prendre un billet d'avion pour l'autre bout du monde ou convoquer un journaliste. La fièvre est partie, la fatigue n'était que passagère, les médecins n'ont plus d'importance. Pourtant là, le secrétaire est dans l'embarras. Il n'a pas le don d'ubiquité. Et le jour convenu, il sera occupé à d'autres tâches. Finalement, les deux hommes se mettent d'accord.

– Soit. Je vous emmènerai à Lyon. Mais après votre rendez-vous avec l'évêque, je prendrai mon train pour Avignon. Je vous retrouverai à Crans-Montana dans quelques jours.

Quelques jours plus tard, les voilà à Irigny. Je ne suis allé qu'une fois dans cette vaste demeure de style Empire, entourée d'un parc magnifique, qu'Henri habitait du temps où on ne l'appelait pas encore l'abbé Pierre mais le petit Grouès. À l'époque, la maison appartenait à sa famille. Depuis, les héritages et l'entretien des lieux, fort coûteux, l'ont obligé à partager la demeure en plusieurs appartements. Le rez-de-chaussée est habité par un de ses neveux. Pour agrémenter l'entrée de la maison, on a installé une vitrine, pleine des médailles et des cadeaux, baptisée pompeusement le « musée de l'oncle Henri ». Le lendemain, à l'archevêché, le cardinal Barbarin est d'une humeur massacrante. Il voit l'affaire d'un très mauvais œil et veut à tout prix éviter le scandale. Il parle de dissoudre la communauté. Le message est clair : interdiction de la communion et du saint-sacrement tant que sœur Myriam sera en place. Mais les sœurs mariales ne l'entendent pas de cette oreille, et se rebiffent contre la décision du cardinal. Elles préviennent : si la mère supérieure s'en va, elles font un malheur. On les dirait comme envoûtées. Forte de ce soutien, sœur Myriam en rajoute. Elle se couche devant la porte de l'archevêché et promet une grève de la faim si on ne l'autorise pas à voir l'archevêque. Une semaine plus tard, quand Laurent arrive à Crans-Montana, il ne s'attend pas à l'accueil que lui réserve Henri. À peine est-il entré dans la voiture de Lisette, qui est venue le chercher à l'aéroport de Genève, qu'elle le met au parfum.

– Le père t'attend de pied ferme. Il a du courrier à te dicter.

Quand Laurent arrive dans sa chambre, il est déjà couché. Il est si content de le voir toutefois qu'il se redresse pour lui sauter au cou.

– Laurent, demain nous avons du travail. Je compte sur toi pour être un scribe appliqué.

Redescendu dans la cuisine, il questionne Hélène, qui est là depuis quatre jours.

– Quels sont ces courriers dont il me parle ?

– Ils concernent Mélanie, la fille du colonel.

Pour un peu, le secrétaire de l'abbé aurait presque oublié cette histoire de bonnes sœurs. Le lendemain, comme prévu, Henri lui dicte ses deux lettres. L'une est adressée au cardinal Barbarin, l'autre à Mélanie. A priori, rien de bien alarmant. Mais Laurent, en fin limier rompu à ses manigances, flaire le danger. Lorsqu'il lui apporte les courriers pour qu'il les signe, l'abbé lui demande de s'asseoir. Il faut s'attendre au pire.

– Tu sais, Laurent, dans cette affaire, tout n'a pas été dit.

– Père, vous m'inquiétez tout d'un coup. Ça commence bien !

– Lorsque j'ai eu l'archevêque au téléphone la première fois, il m'a laissé entendre que sœur Myriam le poursuivait de ses assiduités… C'est délicat pour un homme qui aurait pu être pape au dernier conclave, tu comprends ?

Aller plus loin dans cette affaire devenait impossible, si le cœur se mêlait à la raison d'État. Cette fois, il faudrait peut-être faire marche arrière et laisser les petites sœurs se débrouiller seules. Cette fois seulement…

48.

La soupe au potiron du vieil orpailleur

Quelques mois plus tard, Laurent rentre chez lui après une réunion. Il nourrit l'intention d'emmener sa femme déjeuner quand le téléphone sonne. C'est le grand homme. Il lui annonce, tout de go, qu'il va entamer un jeûne pour soutenir Michele d'Auria. Un personnage sulfureux, qui a trompé le mouvement Emmaüs durant des années. Son frère était un activiste des Brigades rouges. Lors d'un vol à main armée qui avait mal tourné, il avait été tué par la police. Sur une vidéo qui avait enregistré l'embuscade, la justice avait cru reconnaître Michele. L'homme avait alors clamé son innocence : il ne pouvait y être puisque, à ce moment-là, il se trouvait en Afrique du Sud à soigner les malheureux. Jugé à deux reprises, la première fois, il avait écopé de quatorze ans de prison, la seconde de huit, par contumace. Arrivé à Paris sous une fausse identité, il s'était fait embaucher par Emmaüs comme médecin de l'abbé Pierre. Fort de ce titre, il se croyait tiré d'affaire, d'autant plus que la France avait refusé son extradition. Quelques années plus tard, il avait été de nouveau arrêté et jeté en prison. Bien qu'il ait découvert le pot aux roses, Henri s'était démené pour le sortir de là. À présent, il ne restait plus qu'à obtenir sa réintégration dans l'Ordre des médecins, d'où il avait été exclu. À son intonation, Laurent flaire l'embrouille. Une grève de la faim, rien que ça !

– Enfin, père ! Vous n'avez pas autre chose à faire à 93 ans ! Vous avez passé l'âge de faire la une des journaux ! Et votre santé, vous y avez pensé ?

L'abbé n'a que faire de ses arguments. Et puis c'est déjà trop tard. Il vient d'envoyer un communiqué à la presse. Plus rien ne peut l'arrêter. Comme le mouvement Emmaüs ne désire pas intervenir, les défenseurs de d'Auria se sont tournés vers Henri. Que peut-il faire d'autre que de s'engager dans la lutte ? Michele, c'est son médecin. Et puis, la clandestinité, il connaît, lui qui l'a vécue pendant la guerre. Pour le reste, tout homme, quel qu'il soit, mérite qu'on l'aide. Henri l'orpailleur ne désespère jamais de transformer la boue en or. Il a beau bredouiller, il ne reviendra pas sur sa décision.

– Viens demain à Alfortville, tu m'emmèneras à l'hôpital. Je veux être aux côtés de d'Auria pour le cinquantième jour de sa grève de la faim.

À peine sorti du restaurant, Laurent est assailli par la presse. Qu'arrive-t-il à l'abbé Pierre ? A-t-il conscience qu'il met sa vie en danger ? Peut-on lui parler ? Il file alors à Alfortville où il arrive juste après la messe. Dans l'antre du lion, ça sent encore la bougie. Henri est assis à son bureau. Lorsqu'il voit Laurent, il rentre sa tête dans les épaules et ferme les yeux. Il se prépare à l'attaque de son secrétaire, qui lui fait face :

– Que faut-il dire aux journalistes qui viennent aux nouvelles ?

– Dis-leur que j'accompagne le docteur dans son jeûne jusqu'à mardi soir, jour où l'Ordre des médecins doit rendre son verdict. Nous ne ferons aucune déclaration avant.

– Savez-vous que ce que vous faites n'est vraiment pas raisonnable ?

À peine vient-il de prononcer ce dernier mot qu'il le regrette déjà. Quand il s'agit d'agir, Henri s'en est-il remis une seule fois à sa raison ? Il n'y a que les soubresauts du cœur qui comptent ! Pourtant, il ne se décourage pas.

– Mais ce communiqué de presse à l'AFP, c'est vous qui l'avez écrit ?

– Non, c'est Françoise qui l'a écrit sous ma dictée.

Il en était sûr. Françoise, la nièce de l'oncle Henri, est dans l'affaire. Sans rien demander à personne, elle agit en électron libre. Comme d'habitude ! Elle exerce une grande influence sur son oncle, quitte à ne pas toujours mesurer le danger.

– Votre geste risque d'influencer l'Ordre des médecins dans le sens contraire de ce que vous souhaitez. Ces gens-là n'aiment pas les pressions.

– Nous verrons bien !

Le lendemain, Hélène a préparé le déjeuner d'Henri comme si de rien n'était, mais il n'y a pas touché. Laurent, de son côté, fait le mort. On viendra bien assez tôt le solliciter. Il ne s'est pas trompé. À peine s'est-il mis à travailler qu'il entend le vieil homme sortir de sa chambre. Bientôt, il est debout devant le bureau, avec l'air des grands jours. Il jubile sous sa barbe.

– Quand partons-nous ?

– Père, asseyez-vous je vous prie.

Laurent lui tend une chaise. Henri blêmit. Il va falloir encore négocier.

– Je ne suis pas d'accord pour que vous débarquiez dans un service où les malades ont le droit à la tranquillité. Pensez un peu au raffut que votre présence va occasionner !

– Soit. Je rends visite au docteur et je reviens ici pour faire le jeûne. Mais dis bien à la presse que je cède sous la pression de mes amis, qui sont inquiets pour ma santé.

– Dans ce cas, nous partons dans une demi-heure. La circulation sera plus fluide.

– Comme tu veux, répond-il, avant de rajouter : tu vois comme je suis docile !

Reste à composer avec la presse, qui harcèle Laurent. L'abbé ne serait-il pas devenu complètement sénile ? Laurent les rassure. Mais non, il a toute sa tête. Et puis deux jours d'eau sucrée ne peuvent pas lui faire de mal. Sur le chemin qui le mène à l'hôpital, Henri ne cache pas son impatience. Mais à son arrivée, à sa grande déception, les journalistes ne sont pas là. Il se précipite dans la chambre de son ami. Qui pourrait croire que Michele ne mange plus depuis cinquante jours ? Il est un peu pâle mais parle d'une voix tonitruante. Le nouveau venu bondit de son fauteuil roulant et se rue sur lui. Ils s'embrassent comme du bon pain. Il faut mettre au point une stratégie, au cas où d'Auria n'obtiendrait pas gain de cause. Le médecin du service, qui vient d'entrer, se précipite sur l'abbé :

– Père, il faudra que vous buviez beaucoup d'eau. Du Coca-Cola aussi, pour les sels minéraux.

Quelle aubaine ! Il vient d'obtenir l'aval d'un médecin pour boire un soda. Du Schweppes, ce serait encore mieux, mais va pour le Coca ! Il n'en espérait pas tant. À peine sont-ils de retour à Alfortville que le téléphone sonne. C'est le secrétariat de Xavier Bertrand. Le ministre de la Santé, nommé depuis quarante-huit heures, a hérité du dossier d'Auria, avec en prime le jeûne de l'abbé Pierre. Il est inquiet. Il souhaiterait le rencontrer, dans la plus grande discrétion. Rendez-vous est pris pour le lendemain. Henri, lui, est ravi. Il n'en attendait pas tant.

Le lendemain, Laurent est sur le pas de la porte à guetter l'arrivée de l'éminence. Une voiture officielle apparaît au bout de la rue. Des quatre passagers, deux seulement en descendent.

– Je vous en prie, monsieur le ministre, dit le secrétaire dans sa barbe, de peur qu'on ne l'entende.

Après avoir traversé le long couloir, l'équipée arrive devant la chambre de l'abbé. Laurent frappe et, sans même attendre de réponse, ouvre la porte. Henri est à son bureau. Il se lève avec vivacité, frais comme une rose. Le ministre n'en croit pas ses yeux. Et dire que la presse le prétendait au bord de la tombe ! On s'assoit. Comme à l'accoutumée, le maître des lieux commence par une petite leçon d'histoire-géographie.

– C'est merveilleux ici, n'est-ce pas ? Les bureaux d'Emmaüs sont en face. Un jour, la propriétaire est venue nous informer que sa maison était à vendre. Quelle providence !

Le ministre l'écoute avec courtoisie, même s'il ne s'est pas déplacé pour connaître par le menu l'historique de la chambre-bureau d'Alfortville. Il en vient rapidement à ce qui l'amène.

– Père, si nous abordions le sujet qui nous préoccupe ?

Henri se recroqueville et ferme les yeux, comme pour signifier qu'il est tout ouïe. Le ministre reprend :

– Nous devons sortir de cette affaire. Mon prédécesseur avait écrit à l'Ordre des médecins pour tenter d'obtenir la clémence. Ce fut un désastre. Mais nous avons de nouveaux arguments. Voici la lettre que nous avons rédigée. Si vous nous y autorisez, nous l'enverrons ce soir même à l'Ordre des médecins.

Laurent n'en croit pas ses oreilles. Un ministre en personne qui demande à l'abbé l'autorisation de poster un courrier ! Il ne manquerait plus que le grand-père meure des suites d'une grève de la faim. L'État ne lui survivrait pas. Henri lit le courrier qu'on lui tend, puis le donne à Laurent. Il n'y a pas de doute, le médecin obtiendra bien vite ses papiers. Après les congratulations d'usage, on se sépare, satisfait chacun de ces conciliabules. Laurent promet au père de l'emmener à l'hôpital.

Le lendemain, Henri piétine. Il n'est pas encore 8 heures qu'il prépare déjà sa sortie médiatique. Il téléphone à d'Auria pour mettre au point les derniers préparatifs, avant de relire les journaux. La journée promet d'être animée. Trois heures plus tard, il n'y tient plus. Il est temps de filer à l'hôpital Saint-Louis. Dans la chambre du médecin, tout est prêt. On a déplacé son voisin de chambrée. Sa femme est là, ainsi qu'un vieux militant anarchiste, qui embrasse l'abbé. Comme la veille, il se précipite sur le lit de Michele. Les deux hommes se tiennent par la main. D'Auria montre alors à Henri le lit voisin.

– Vous pouvez vous allonger là.

Il s'y jette tout habillé, sans même enlever ses chaussures, et revêt son masque de mourant. « *Commediante !* » Les journalistes sont attendus dans une petite salle à l'étage à 16 h 30, une demi-heure après le verdict. France 3 sera alors autorisée à entrer dans la chambre 116, où d'Auria et l'abbé Pierre mangeront leur première soupe devant les caméras, avant de donner une conférence de presse. En attendant, les visites se succèdent à un rythme infernal. Il faut l'intervention du chef de service, une femme à poigne, pour que la chambre retrouve un semblant de calme. Pas pour longtemps. Pendant l'absence de Laurent, qui est parti à la recherche du breuvage de la réconciliation, la chambre s'est à nouveau remplie des zélotes des grévistes. Impossible d'y entrer. Là, c'en est trop. Le médecin revient et flanque tout ce beau monde à la porte, le secrétaire de l'abbé compris.

– Puisque vous me fichez dehors, je vais chercher l'abbé et je le ramène chez lui !

Les menaces de Laurent effraient le chef toubib. C'est impossible, il doit être là à l'arrivée des journalistes. Elle s'excuse :

– Vous comprenez, toute cette agitation, c'est insupportable pour les autres malades.

Il est autorisé à demeurer au côté du grand-père bien-aimé, qui profite de la tranquillité revenue pour faire une sieste. On attend. Trois heures et demie, coup de téléphone. Le verdict tombe : ça y est, d'Auria est de nouveau médecin ! C'est le triomphe. On se congratule. On se tape dans le dos. On s'embrasse. Michele pleure à chaudes larmes dans les bras d'Henri. Déjà la nouvelle est arrivée jusque dans la salle préparée pour la presse où tous les rescapés du typhon se sont réunis. Un par un, ils réinvestissent la chambre pour participer eux aussi aux effusions. On peut faire chauffer la soupe. Mais France 3 se fait attendre. À nouveau, le médecin chef est obligé d'intervenir pour ramener un peu d'ordre. On n'en mène pas large. Puis, se retournant, elle s'adresse à d'Auria :

– Michele, te voilà de nouveau médecin, tu as toutes mes félicitations. Mais attention, ne fais pas l'idiot : un bouillon et c'est tout !

Laurent se sent obligé de lui dire qu'il vient déjà de boire un Coca. Elle hurle :

– Tu ne sais pas qu'à la libération des camps de la mort, les trois quarts des survivants sont morts trois jours après leur libération pour avoir mangé sans se contrôler !

À ce moment, son regard tombe sur le bol de soupe au potiron.

– Qu'est-ce que c'est que ça ? J'ai dit un bouillon ! Maintenant, tu vas m'écouter. Il faut te reposer. Je ne veux voir personne ici, à l'exception de monsieur.

Laurent se sent soudain important. Mais pas question d'interrompre le médecin en chef, qui continue à dispenser ses recommandations :

– À 4 heures et demie, tu iras devant la presse en fauteuil roulant. Pas plus d'une demi-heure ! Tu en es à ton cinquante-quatrième jour de grève de la faim, ne fais pas l'imbécile. Je veux que tu m'obéisses.

Henri et d'Auria deviennent tout miel. Elle a bien raison d'être agacée, ils n'ont pas été sérieux, mais c'est promis, ils ne recommenceront plus. Dans la salle de presse, on commence à se bousculer. Les photographes fleurissent un peu partout, des caméras sont postées dans tous les coins. Pourquoi tardent-ils tant ? On devrait peut-être aller dans leur chambre. La porte du couloir à peine entr'ouverte, les journalistes dégainent leurs appareils photographiques. Mais seule France 3, qui vient d'arriver, est autorisée à entrer. On fulmine de ne pas être convié au souper. Une mise en scène à ne pas manquer. D'Auria avale sa soupe par petites goulées. Il a l'air exténué. Henri, lui, semble au martyre, après ces deux jours de diète. À leur arrivée à la conférence de presse, les flashes crépitent. Les deux hommes se tiennent devant un mur de photographes. Ceux du premier rang n'arrivent plus à reculer. Il fait une chaleur d'enfer. Henri tient à nouveau une forme éblouissante. Bientôt, il faudra prendre le chemin du retour. Pas question de rater le journal de 20 heures ! Ce que le vieux a vécu en direct, il veut le voir en différé. C'était une journée – presque – ordinaire.

Péroraison

– Mon père, pourriez-vous me dédicacer vos livres ; c'est pour mon fils qui n'a pas pu m'accompagner parce qu'il est à l'école. Si vous saviez l'admiration qu'il vous porte. Il vous trouve formidable !

L'abbé Pierre relève la tête en direction de la voix qui vient de l'interpeller : devant lui, une Française expatriée au Japon où il fait la tournée des communautés d'Emmaüs.

– Madame, lui répond-il, vous le voyez bien, je suis vieux, je suis foutu… Alors vous direz ceci à votre fils : désormais, c'est à lui d'être formidable !

En fait, à travers ce gamin, c'est à nous tous qu'il s'adressait : j'ai peut-être fait des choses extraordinaires dans ma vie, mais maintenant, c'est à vous de continuer ! Continuer le combat, c'est le prix à payer pour l'avoir tant aimé. C'est la récompense qu'il nous offre parce que lui aussi nous a aimés à la folie.

« Il a désigné un successeur, n'est-ce pas ? » Combien de fois des journalistes nous ont-ils posé cette question ? On se contentait de sourire, et c'était tout : Henri n'a pas de successeur et n'en aura jamais ; les prophètes échappent à la loi des séries. Personne n'oserait s'emparer de ce statut sans craindre le ridicule. De son côté, l'abbé n'a jamais songé à transmettre son charisme ou son expérience à l'un de ses proches ; il n'était pas un maître de sagesse ni un gourou ; il ne dispensait pas de leçons, il ne disposait d'aucune grammaire, d'aucun savoir à léguer.

Nous n'avons pas la prétention de nous revendiquer ses successeurs ou ses héritiers. Mais d'en avoir été si proches nous voue à une mission à laquelle nous ne voulons pas nous dérober : celle de rester suffisamment ouverts pour laisser travailler au cœur de nous-mêmes des mots, des éclats de voix, des gestes et des regards, comme autant de cailloux blancs semés pour nous, enfants perdus dans le brouillard.

Quand nous allons nous recueillir sur sa tombe, entendons ces mots qu'il a demandé d'y graver : « Souviens-toi d'aimer ! » ; quand nous cheminons à travers les rues de nos grandes cités devenues si froides, si fermées à tous ceux que la vie a jetés un jour sur ses pavés, souvenons-nous de sa main secourable tendue vers les plus misérables ; quand nous apprenons qu'ici ou là, quelqu'un a été injustement traité, frappé, outragé, emprisonné, rappelons-nous ses cris de colère et ses éclats de voix... Si nous ne sommes pas capables de laisser vivre et croître en nous cet amour de l'autre, alors ce n'est pas la peine d'aller à Esteville.

Henri n'aura été ni un grand théologien, ni évêque, ni cardinal. Il n'a pas fondé d'ordre comme mère Teresa. Il sera resté toute sa vie celui qu'il entrevoyait d'être quand, tout jeune, il écrivait déjà : « Seigneur, je me suis donné à toi tout entier et maintenant je voudrais mourir... Et c'est alors que j'ai entendu une voix qui me disait : Tu continueras ! et que je vis un petit homme qui entraînait des foules derrière lui… et la voix disait à nouveau : Tu seras ce petit homme ! » Il a entraîné ces foules, puis il s'est arrêté sur le bord de la route, en nous demandant de poursuivre le chemin.

Que veut-il nous dire ? L'amour n'est pas inné, on doit sans cesse le chercher et l'inventer. Cette quête permanente qui engage toute une vie est faite de diamants mais aussi de tourments, de terribles régressions, de doutes, d'angoisses : elle n'est pas et ne sera jamais un long fleuve tranquille. C'est un combat terrible mais l'illumination est au bout. Il semble vouloir nous dire : c'est ma souffrance qui a éclairé mon chemin, qui lui a donné un sens ; ce n'est rien d'autre que le prix à payer pour le plus grand amour. Ne vous dérobez pas, n'ayez pas peur. Soyez constants. Ne vous en détournez pas, quoi qu'il advienne ! Ne vous découragez pas, ne vous découragez jamais ! La force d'âme se bâtit pas à pas. On a tout ce qu'il faut pour continuer : il suffit qu'on s'y mette, alors rien ne nous sera interdit.

– Est-ce que tu te rends compte de la joie que l'on a de pouvoir aider les autres ?

Laurent, qui venait de lui montrer les billets de la famille Porte pour la montagne, reçut ces mots du grand-père en plein cœur. Quinze jours avant de mourir, au bout du rouleau, il s'illuminait encore de cette joie : aider les autres !

Oui, c'est à nous, désormais, d'être formidables.

Remerciements

À l'issue de cette évocation, nous tenons à remercier chaleureusement, et sans ordre de préséance toutes celles et tous ceux qui ont donné de leur temps et accepté de rassembler leurs souvenirs pour enrichir cet ouvrage :

Georges Chevieux, Annie Porte, Marlène Phame et ses enfants, Sébastien Jeu, Gordana, Jean-Marie Viennet, Jean-Claude Narcy, le cardinal Philippe Barbarin, Raymond Étienne, Lisette Meyer, Bill Mc Comisch, Mgr Doré, Mgr Simon, Mgr Jacques Gaillot, René Poujol, Daniel et Anne Facérias, Micheline Pelletier-Decaux, Patrick Doutreligne, Christine Boutin, Nicole de la Halte d'Emmaüs à Esteville, Claude Iverné, Michel Bourbon, Véronique Colucci, Agnès B, Jean-François Duchosal, Louis Besson, André Santini, Philippe Matsakos, Jean-Baptiste de Foucauld, Jean-Pierre Gilles, Sébastien Godefroy, Marek Halter, Florence Dinin, Christophe Robert, Yves Colin, Nollwenn Leroy, Christophe Deltombe, Matthieu Ricard, Joseph Berchoud, Marc Bradfer, Frédéric Lenoir…

Si nous en avons oublié, qu'ils nous pardonnent.

Il nous a tant aimés…

Nous voulons adresser l'expression de notre gratitude à Elizabeth Flory pour toute l'aide apportée dans l'élaboration de ce livre.

Enfin, un grand coup de chapeau à notre éditeur, Alexandre Wickham, qui n'a pas ménagé sa peine pour que cet ouvrage voie le jour ; sans ses conseils avisés, sans son exigence impatiente, nul doute que nous ne serions pas venus à bout de l'entreprise. Qu'il en soit fraternellement remercié.

DU MÊME AUTEUR

L'Abbé Pierre, l'insurgé de Dieu, Éditions n° 1, 1989

Bob Denard, Le Roi de fortune, Stock, Éditions n° 1, 1992

Sœur Emmanuelle, Fixot, 1993

Quarante ans d'amour, Stock, 1993

Abbé Pierre, mes images de bonheur, de misère et d'amour, Fixot, 1994

Les Mystères de Rome, roman, Plon, 1997

Les Nouveaux Rois mages, récit, Plon, 1998

Les Dames du Palatin, roman, Pygmalion, 1998

Poison et volupté, roman, Pygmalion, 1999

Sœur Emmanuelle, secrets de vie, Anne Carrière, 2000

Caligula, roman, Anne Carrière, 2002

Les Guérisons miraculeuses, Plon, 2002

Un bébé SVP !, Anne Carrière, 2004

L'Abbé Pierre, une vie, Calmann-Lévy, 2005

Sœur Emmanuelle, la biographie, Anne Carrière, 2006

Fac, le grand merdier, Anne Carrière, 2007

Parents, sauvez vos enfants… et l'école avec !, Albin Michel, 2008

Ingrid Betancourt, L'Archipel, 2008

Les Amours d'Hollywood, Le Rocher, 2009